郭嗣汾著

海星

三民書局印行

中華民國五十九年九月再版

海星

特價新臺幣貳拾伍元

著作者　郭嗣汾
出版者　三民書局有限公司
發行所　三民書局有限公司
臺北市重慶南路一段七十七號
印刷所　正文印刷公司
臺北市西園路一段二一二巷三一號

內政部出版登記證內版臺業字第六六〇號

三民文庫編刊序言

書是知識的滙集，知識是人人必備的，因而書是人人必讀的；我們出版界的責任，就是要提供好書，供應廣大的需要。不但在內容上要提高書的水準，同時在價格上也要適合一般的購買力，至於外觀求其精美，當然更是印刷進步的今日應該做得到的。

知識是多方面的，社會科學、自然科學的知識，文學、藝術、哲學，歷史的知識，莫不為人所必需，推而至於山川人物的記載，個人經歷的回憶，也都包括在知識的範圍以內；這樣廣博知識的滙集，就是我們所要出版的三民文庫陸續提供的讀物。

在歐美日本等國，這種文庫形式的出版物，有悠久的歷史及豐富的收穫，人人愛讀，家家傳誦，極為我們所欣羨。近年來我國的出版界，在這方面亦已有良好的開始；我們願意站在共求文化進步的立場並肩努力，貢獻我們微薄的力量，參加栽種的行列。我們希望得到作家的支持，讀者的愛護，同業的協作。

中華民國五十五年雙十節

三民書局編輯委員會謹識

海星

一

油蔴地的風球放下來之後，香港的百萬市民緊張的心情也跟着鬆弛下來了。

從海中，還可以看到颱風的尾巴，海還不曾整個兒安靜下來，到處翻騰着白色的浪花。波濤在海中彼此互相推動着，擁擠着，不安份地咆哮着。最後，它們一波一波地湧向岸邊，打在海灘上，打在碼頭上，也打在海中的船舷上，濺起陣陣白色的浪花。

在干諾道的碼頭上，永遠沒有安靜下來的時刻，天氣剛剛好轉放晴，碼頭上已開始了活動。人們在碼頭上擁擠，穿梭來去，爭吵、喊叫，搬運貨物。還加上洋水手們三五成羣地搖幌着，東張西望地，大部份在吹着口哨，叫着、唱着，招搖過市，他們像在找尋着什麼，又像是失落了什麼。人跟海一樣，不安，騷動，交織成了不協調的大合奏樂章。

在那一條長長的濱海的馬路上，若干個碼頭中的一個碼頭邊，這時候停泊着一艘貨輪，升火待發。在船舷下，漆着白色的船名：「海星」一號。

那艘貨輪上，飄揚着一面已經褪色的旗子。從那面旗子的標幟所代表的意義來說，它在過去的幾百年當中，的確有過不少的驕傲歲月的。現在，儘管掛在船上還有着一些高高在上的味道，，可是，它所代表的驕傲也像那面旗子的顏色一樣，已經隨着無情的歲月逐漸褪色了。

這時候，這艘貨船的駕駛臺上，一個人正憑欄站着。他的衣袖上閃耀着四條金線的袖章，不過，那些金線也已經褪色了。

那戴四道金線袖章的人，在他頭上的那一頂白色的帽子下面，露出了斑白頭髮，背也有些傴僂了。他也像那金線、旗幟一樣地褪色了。

此刻，他用左手舉起掛在胸前的一付古老的望遠鏡，望着起伏不平的海面，他額上的幾條皺紋，也似乎因爲聚精會神而顯得更多更深了。

當他久久地眺望着海面的時候，背後另一個穿着制服的年輕人輕輕地走進了駕駛室。他拿下了帽子，帶着幾分恭敬的神情向前走了幾步，輕輕地叫着：

「船長！」

老船長轉過了身軀，放下了手中的望遠鏡，目光顯得有些遲鈍地望着站在他旁邊的年輕船員。也許是由於畢生大半時候都在注視着水平線的結果，看人的時候，目光也顯出特別深邃。在他那藍色的眸子內包含着威嚴和深刻，還表現着像海一般的固執。

他看淸楚了那年輕船員以後，用右手拿下咬在嘴中的烟斗。他應着：

「啊，二副。」

年輕的二副挺直了身軀向他報告說：

「船長，開航準備完成。」

對着這位年老的，身體內流着盎格魯，撒克遜血液的船長，頗能顯出二副的年輕英俊。他頂多不超過三十歲，比船長起碼年輕二十來歲。他也顯得彬彬有禮，是老船長最欣賞也最信任的船員。

「好，」老船長點點頭問：「氣壓怎麼樣？」

「上一個鐘頭升了百分之二，天氣逐漸在好轉中。」

「嗯，」老船長溫和地點點頭，像是欣慰，又像是嘉許他的仔細，然後又低頭看看手上的錶，像是不經意地說：「那麼，我們照原定時間開船。」

「是，十六點正。」二副點頭答應了，不過，他又加上了一個尾巴說：「船長，不過得希望他們在半個鐘頭內全部上船。」

老船長皺了一下眉頭，下意識地轉過頭去俯瞰車水馬龍的馬路和碼頭邊的人羣。一些碼頭工人正忙於搬運東西通過扶梯上船。

「他們如果來不及，我們只好等一下了。」老船長顯得有些感慨說：「我在東方住了二十多年，我已經習慣於東方人的時間觀念了。」

年輕人苦笑了一下，他把玩着手中的帽子，沒有說什麼話。他覺得沒有什麼話好說，但是，他有感慨。

老船長看出了年輕二副的反應。他接着說：

「我不是有意說，當然，你是完全不同的。」

「我明白，船長。」二副勉强笑笑說。

老船長看着二副站着沒走開，他順便問了一句：

「二副，還有事情嗎？」

「船長，」二副考慮了一下，先叫了一聲，然後又頓了一下，似乎仍在考慮該怎麼說才合適些。他看着老船長在等他的下文，他終於說：「船長，我聽到了一點關於我們的船的消息。」

「船的消息？」老船長注意地問：「你指的是那一方面的消息？」

二副又走近了一步，放低了聲音說：

「我聽說公司把她賣了，賣給中共的一家什麼國營輪船公司。也許除了船上掛的國旗而外，船上的人員一切等都要變動了。」

老船長考慮了一下，但是終於點點頭說：

「我想你不妨知道眞像，這並不是消息。」

「那麼，船長……」年輕人顯出焦灼的神情說。

「那對我沒有什麼區別，」老船長打斷了他的話：「我對於政治沒有興趣，反正我一樣地開船。」

「船長，那總有些不同的，我懂得共產黨……」

「船本來是英國的，現在賣給了中國，你是中國人，不是比現在方便些麼？」

這幾句話由船長口中說出來，也許並不是有意存心諷刺，可是，二副聽起來的確是非常刺耳。他顯得十分激動地抗議說：

「船長，原諒我，我是一個中國人，但是，共產黨不能代表中國……」

「我說了，我不關心政治，」老船長固執地說：「我看過中國好幾次革命，那是你們中國人自己的事情，我只照着合同開船，別的跟我沒有關係。」

「船長，」二副仍然想說服他地說：「這一次和從前革命不一樣，你看得出的。」

「不錯，我看得出，但是——」老船長微哂地說：「我只關心對我是不是跟從前一樣。」根

「我想這也仍然不一樣的，譬如說這一次開航，事先只說是去東京，但是又有人說目的地

本不是東京。究竟我們去那裏？走什麼航線？我一點都不知道，就這一點，就不是從前有過的現象了。」

「到那裏對我們有什麼區別呢？開船以後自然會知道的。」老船長輕輕地聳聳肩，再度咬上了烟斗，那樣子顯然暗示打算結束他們間的談話了。

二副顯然抑制不住自已了，他衝口而出地說：

「船長，那對我有區別的。」

這句話，充滿了火氣，使得老船長不禁有些訝異了，船上的人從來沒有像這樣頂撞過他的，尤其是面前的年輕人。他從鼻孔中哼了一聲：

「嗯？」

二副衝口而出頂了這一句之後，不禁又有些後悔了。他很尊敬這位老船長，也很佩服和珍視他的航海技術以及航海經驗。兩三年來，他明白他跟老人學過了不少東西，也得到了不少東西。他也明白老人的固執與偏見，那是英國人天生的脾氣，不是別人能夠說服的。尤其是這時候，他尤能和老船長鬧得不愉快。於是，他轉變了語氣說：

「譬如說：我得先知道航線、航程等等，對我們要走的航線有了淸晰的概念，才能夠作出航行計劃來。」

老船長接受了這合理的解釋，也原諒了年輕人的急燥脾氣，他拍拍二副的肩膀說：

「二副，你是對的。你知道，我一直把你當成我最得力的助手。如果有機會，我也可以放心讓你帶這艘船到全世界任何地方去的。不過，我勸你有一點你必須學習的，你應該懂得怎麼樣應付新的不同的環境。」

「是，船長。」二副禮貌地應了一句，然後仍然堅持地說：「那麼，我想船長也相信我能守秘密的。」

老船長吸了一口烟，然後把烟噴出來。他目不轉睛地望着二副，像在考驗他的誠懇。最後，他說：

「不錯，我絕對信任你。胡經理已經告訴了我，在開船以前，航線和目的地都是絕對機密。」

「難道船上裝的他們的貨物也是機密麼？」二副忍不住又接了一句。

「那和我們無關，」老船長輕描淡寫地說：「反正他們是保了兵險的。」

「船長，」二副仍然不肯放鬆地釘了一句：「難道他們連你也不肯相信？」

老船長又深深地吸了一口氣，仍然顯得不經意地淡淡一笑說：

「我不計較這些。不過，我可以告訴你，胡經理昨天向我透露了一點，這一次的目的地，如果宣佈出來，恐怕許多船員都不肯去，但是船上的貨物對他們非常重要，一定要在限期內趕運到達。所以要我絕對守秘密，等到開船以後再向大家宣佈。當然我提出了抗議，他們也不能不相信我，終於告訴了我，這一次目的地是天津。」

「天津？」二副掩不住他語氣的驚訝，但是他機警地把聲音壓低了，他說：「這是很危險的賭博，中國海軍會放我們通過臺灣海峽麼？」

「我也不願去碰運氣，」老船長說：「胡經理說，掛着我們英國旗不會有問題，他需要趕時間。但是我堅持不肯，而且計算了一下航程，決定繞道巴士海峽北上，這樣安全些。只要沿途不躭誤，可以如期趕到的。」

「啊，」二副呆了一下說：「不錯，走巴士海峽比較安全一些。但是我不想隱瞞自己的感覺，我不想到天津去。」

「二副，公司已經在合約中規定了，不願意作下去的人員到天津後，可以領遣散費搭別的船回來，但是這一次必須去。」

他們談話時，老船長是面對着門口的，這時他忽然發覺了駕駛室好像有一個人影動了一下，但他不敢確定是不是自己眼花了。他提高了聲音說：

「誰在外面？」

幾乎和他說話的聲音同一時間，外面叩了兩下門。然後，一個穿着茶房制服的十七八歲的大孩子站在門口，向裏面跨了一步。他一面說：

「是我，船長！」

「小張，」二副疾顏厲色地問：「你在外面幹什麼？」

小張一面喘着氣，一面掏出手巾來揩汗說：

「二副，我那裏在外面幹什麼呢？我一路跑上來，連氣都沒有喘過來呢。」

「你總是這麼冒冒失失的，怎麼也教不好，有事情要報告船長嗎？」

「是，」小張兩腿一並說：「報告船長，胡經理上船來了，和他同來的還有一位先生，一位年輕小姐，他們告訴我，請船長下去到官廳開會，有事情商量。」

「小張，」二副斥責地說：「他們不懂得船上的規矩，難道你也不懂麼？」

「報告二副，我向他們解釋過了。我說開船時，船長要親自在駕駛室裏照顧，不能下去。但是，他們不肯聽我的話，他們說……」

「他們說什麼？」老船長皺了一下眉頭問。

「他們說現在還沒有開船。」

「土包子！」二副不屑地說。

老船長沒有開口，只是聳了一下肩。

「報告船長，我該怎麼樣答覆他們呢？」

「他們人貨都上船了嗎？」老船長反問了一句。

「人到齊了，他們差一點把香港也搬上船了，鋼琴、電冰箱、抽水馬桶……」

「不管他們搬什麼，這不干你的事。」

「二副，怎麼不干我的事呢？」小張翻翻眼睛說：「他們把這些東西都放在官廳裏，不肯下艙。」

老船長雖然是飽經風霜，自認爲會適應各種環境，但是在這種情形下他也不能忍受了。他儘量不把感覺放到臉上來，可是他那兩道灰色的眉毛皺在一起，咬着烟斗的嘴閉得很緊，那使人看起來够瞧的。

終於，他開口說：

「去報告大副，告訴他們在船上要遵守船上的規矩。」

「是，船長！」

小張說完，靈巧地一個轉身出去了。

老船長看看手上的錶，又眺望着遠處的海水，不開心地搖搖頭。緊閉着嘴，沉默着。

二副懂得老船長心裏很不痛快，他想着該想什麼方法才能夠使得這個頑固的老人改變一些觀念？過去，他一直無能爲力，也沒有必要。這時候，他相信可能是一個好機會。如果就他個人而言，他還來得及退出，趁開船之前離開，那麼他個人一切問題都沒有了。但是，他不想那樣作，他得利用這一個機會，這是他期待已久的唯一的機會，他必需冒險。他不但可以改變老船長的觀念，而且還可以作得更多一些。船上的夥伴們都會站在他這一面，他相信最後老船長也會改變，因爲那一羣土包子會幫他的忙。

同時，在許多時候，他也覺得這個老頭子也很可憐的。他孤獨，寂寞，除了船而外，他沒有一個朋友。至於他那一份頑固的觀念也無可厚非的。他雖然自命了解中國，但是他不明白自己只了解一點皮毛的觀念。他只跑了十來個中國的海港，他就拿這些城市當成整個中國的縮影了。而且，他一直沒有吃過共產黨的苦頭，他的國家又一直想和共產黨政權打交道，怎麼能單怪他有偏見呢？

當他想着這些的時候，老船長突然提高了嗓子叫：

「二副，我們準備開船。」

「是，船長！」二副應了一聲。

他伸手拉了一長聲汽笛，接着，打開廣播器，宣佈各部門就進出港部署，準備開航。

於是，船上一連串的動作開始了。各纜打單繩，機艙試俥，船上各部門都個動起來。

這時候，送行的人們也紛紛離開船登岸，還有一些東西也忙着搬上船來。

搭船的客人不少，都是跟公司有關的人。二副看得出，那些人都不像是作生意的人，行動都鬼鬼祟祟地，連駕駛室外面也有一個戴黑眼鏡的人在東張西望，張大着嘴巴，二副也不禁學着老船長的動作，聳了一下肩膀。心裏却想着，讓你們神氣吧，等船開到海外時，就有你們這些土包子們受的了。

小張這時匆匆地從官廳中跑出來，他顯然是在裏面吃了排頭，鼓着嘴巴一個人到欄杆邊站着。這時，跳板已經收起來，各纜次第解開，船馬上就要退出碼頭了。他好像很焦急地注視着碼頭上，目不轉瞬地。

突然，這時候一個二十來歲的女人從碼頭進口處跑過來，她手中搖着一張准許進入碼頭的通行，氣喘吁吁地直向船邊跑過來。

「阿姐！阿姐！」小張一面揮着手，一面叫着。

那女人看到了他，一直跑到碼頭邊，幾個停不住脚步。還是一個水警拉住了她，恐怕她會一直衝到海中去。

「弟弟！」她用廣東口音叫着。

「我們開船了，」小張用兩隻手捲起來放在嘴邊叫：「我恐怕你趕不及來了，我沒時間回家，我放了一百塊錢在天津菜館的老王手中，你去拿，他會交給你的。」

「好，」那女人大聲應着說．「天津菜館老王，我聽到了，回去馬上去拿。你的衣服都帶了嗎？」

「都帶了，你回去吧，阿姐。從這裏回去，先坐巴士去拿錢，告訴母親說我一切都好，你曉得巴士站嗎？」

「我曉得，你放心，在海上小心一點。」她滿意地揮揮手，小張也滿意地揮着手。

這時，有人拍了小張的背頭一下，小張好像駭了一大跳，轉身去望着那人，那也是一名船員，他笑嘻嘻地望着岸上女人的背影說：

「小張，你有這麼漂亮一個阿姐，下次回來可要介紹給我啊！」

小張沒好氣地瞪了那瘦瘦小小的船員 眼說：

「臭皮匠，你欠揍是不是？」

他說完轉身走了。他心裏却非常高興，輕鬆愉快。

不過，小張沒有想到，那個被他叫着阿姐的女人也沒有想到，當她興奮地出了碼頭，準備攔一輛車的時候，忽然兩個穿唐裝的中年人出現在她的身邊。

其中一個人裝着一臉笑容問：

「請問你是小張的阿姐麼？」

「是，你們是誰？」她警覺地看看他們兩個人。

「我們是小張的朋友，特地來接你到天津菜館的。」

她懷疑地望了他們一眼，搖搖頭說：

「謝謝你們，我自己會回去。」

「不行，」其中一個人攔住她說：「你不能走，已經有人注意你的行蹤，他們會綁走你。」

她警覺地望望那兩個人，她無法從他們臉上看出這兩句話的眞假來。這時，另一個人接着說：

「我們有車，快點上車，不然別人會疑心了。」

她仍然堅決地搖搖頭說：

「先生，我不懂你們說什麼，我也不認識你們……」

但是，她還沒有說完，兩個人就一邊一個扶着她的手臂，推入正好開到他們旁邊的一輛車內，關上門就開了。

一個坐在她身旁的男子的臉上突然掛着冷峻的神情說：

「好好同我們合作，我們不會爲難你，如果天津菜館眞有你的一百元，我們會平安送你回家的。」

他說完，就再沒開口，把她挾在中間，風駛電捲地開走了。

船緩緩地離開了碼頭，汽笛聲，機器加速轉動聲打斷了他們的談話，也打斷了岸上和船上人們相互道別。大家都在互相揮着手。

對於二副來說，他已懂於舷邊的揮手了。從一個碼頭到另一個碼頭，看各種膚色不同的人們，聽各種各樣的語言，已成了家常便飯了。但是這一次遠航對他的意義不同於任何一次航行，他覺得既緊張又興奮。他居高臨下，也聽淸楚了小張和他阿姐的對話。他對於他們的對話感到很大的興趣，他希望不是自己神經過敏。因爲他和老船長在駕駛室談話時，只有小張在外面，小張申辯他剛上來，而且用手巾擦汗。但二副眼尖，他看出小張頭上根本沒有汗水。

但是，這時候不容許他想那麼多。他有工作，老船長正站在他旁邊指揮開船，他得仔細地下達舵令，作好自己這一份工作。老船長對他很信任，但是也不大容易原諒別人的錯誤。尤其航行時犯了技術上的誤錯，那更是絕對不能原諒的。

不過，他想他會有時間弄淸楚的。他會有時間找到小張弄淸楚這件事情，澄淸他心裏的猜想。

正當他腦中還在分析自己內心一些微妙的想法時，他已給新的事物吸住他的注意力了。他看到距船頭不遠的前甲板上，一個苗條的背影，倚着右舷欄杆向岸上眺望。他記得剛才小張上來報告，搭客中有一個小姐，那麼一定是她了。那個苗條的身影穿一件淺藍色上衣，緊身窄裙，頭髮長長地披在腦後。

此刻，海風吹動着她的頭髮，她的衣裙，使人有着飄飄然的感覺。

他專心地開着船，但是，有時候總難免要去望一下那動人的背影。他終於發覺她轉過了身子來，用背部靠在欄杆上，仰着頭望着駕駛臺。

她戴着一付黑眼鏡，但是，他仍然看得清楚她的臉部，衝入他腦中的第一個感覺並不是她長得很美，她本來是長得很美的。但他的第一個感覺是他似乎見過她，也許還認識她。不過究竟是認識她或是在什麼地方見過她，一時他記起不來了。

他發覺那年輕的女郎也在看他了，她注視了他好一會，一直發現他的眼光再度落到她臉上時，她才似有意又似無意地對他微笑了一下，把臉轉開了。那微笑簡直不容易看得出，却帶着似曾相識的味兒。可是，她轉過身跟着就姍姍地進入官廳去了。

這一注視，一微笑更使得二副迷惑了，看起來她也好像認識他了。究竟自己在什麼地方看到過她？她是誰？怎麼自己會想不起來呢？

船走上航線了，一切都安靜下來了。香港和九龍逐漸遠去，粤南羣島一個一個地從舷邊掠過。船上主機勻稱地轉動，船走得像這時候天氣一樣的安靜，正常。

可是，船上的情形却一點也不平靜。

小張在和她阿姐告別時，那一份高興的神情實在難於用筆墨去形容。但是，這時候又嘟起嘴跑上駕駛臺來了。

船上所有人對於小張，都有着好感，因爲他聰明、勤快，作起事來肯賣力，而且頭頭是道。對人很熱情，所以即使他有時候會心血來潮不高興時，大家也肯原諒他了。

這時候，他鼈着一肚子氣似的說：

「報告船長！」

「什麼事情？」老船長有些不高興地問。

本來，船走上航線，解除進出港部署之後，老船長就可以完全放心回到房艙裏去休息的。可是他愛停留在駕駛臺上一會兒，也許是他的習慣，也許他覺得只有駕駛臺那小小的空間才是屬於他的天地。因爲，在這時候來打攪他是自己找釘子碰的。

「他們不肯讓出官廳，東西也不肯搬走。」小張說：「大副要我來報告船長，他對付不了那些不講理的人。」

「大副這一點事也辦不了？」

「大副已經盡了全力，他說他寧願辭職不幹，也不願跟那些人打交道了。」

老船長皺着眉頭，不情願地望望海，望望駕駛室中的航行儀器，他終於對二副說：

「這船交給你了。」

「船長，請你放心，我會好好照顧她的。」

老人點點頭，嘉許地望了二副一眼，然後轉身離開了駕駛室，蹣跚地走了下去。

小張也打算跟着下去，這時候，二副忽然想起了自己心中的猜想，他叫住了小張。

但是，他面對着小張時，忽然又轉了念頭，他揮了一下手說：

「現在沒有什麼事，半個鐘頭後，替我送一杯熱咖啡上來。」

「是，二副。」

二

海星號在南海上靜靜地夜航……

海在不算強烈的貿易風裏揚起波濤，這是這一個季節裏經常有的情形，也是航海人所嚮往的氣候。風浪太大對於生沽在海上的人是一種沒有限度的折磨；但是，在海上一絲風也沒有的時候，他們會感到整個宇宙都在窒息。尤其是生活在夏天，那一份濃得化不開的燠熱會使得人喘不過氣來。

香島漁火和粵南羣島的陰影已經隨着船尾翻騰的浪花遠去了。海在前面無涯無垠地展開來。夜靜靜地，海上有着良好的視界，皎潔的月光，燦爛的星星，容易使人留戀甲板，而不想回到狹隘悶熱的吊舖上去。

不過，有的人却沒有這一份雅興，有的人也缺乏這一份福氣。

前者，在這條船上可以拿胡經理作代表，身體中太多的脂肪對於他是一份沉重的負擔。任何時候，他都想把胖胖的身體放在舒適的席夢思床上，睜着眼都會打鼾。

後者，可以拿精明狡猾的朱政輝先生作代表。他那滿臉對人不信任的神氣，刻劃出一個共產黨員的典型。在他的腦子裏，裝滿了馬列史毛的教條。他認定：兩間屋子裏一定有一間會鬧鬼，三個人中一定有一個人是帝國主義者的特務。所以，他一上船，就派了他一羣鬼頭鬼腦的人物到處偵察，是否有「國特」或是「美帝」份子潛伏？而他本人呢，却十二萬分地不放心從岸上帶來的那些標明了「美帝」製造的各種奢侈品。一到船上，他就想出了一個主意，他看中了那間官廳，馬上下定了決心把它佔領。這樣好把隨身携帶那些東西就堆放在官廳裏，由自己來照顧，那當然比交給任何人都靠得住了。所以單就這一點來說，他就不會無緣無故地跑到甲板上去欣賞海景了。他深深地懂得「物質」的重要，到甲板上去欣賞海景，那是資產階級的消閒方式，一個精明的共產黨員對於那是不會有興趣的。

因此，他一上船就把這一套理論灌輸給胡經理和公司的女秘書黃慰玲小姐。胡經理諾諾連聲地贊成他的理論，黃小姐却在汽笛響聲後立卽就跑到甲板上去看開船了。

其實，事實和理論却相差了很遠，並不是那麽簡單。

一上船，朱政輝就和船上的王大副鬧了一場，大副客氣地請他到指定的房艙中去，同時把他帶上船的貨物下貨艙。他拒絕照辦，後來船長自己來交涉，他還是不肯。他的邏輯是：共產黨員怎麽能受別人意見的支配呢？他也懂得利用「旣成事實」，那樣對別人鬪爭一定不會吃虧的，所一他一上船，就利用這方法打了一個勝仗，勝利地佔領了官廳。

他還認爲，要保住這一個「勝利果實」，他就必須保持高度的警覺性，還得用最大的決心去對付「帝國主義的殘餘份子」，那是指英國籍的老船長；還有王大副等那一批「封建殘餘的走狗們」。

其實，還有一個最主要而他却不敢承認的原因，使得他不敢到甲板上去觀賞海景，是因爲他暈船。當然，他心內中不得不承認這件事實。共產黨所有的敎條能把白的說成黑的，但是却沒有一條能敎一個共產黨員不暈船。

當他以全部精神佔住了官廳而且加以確保後，仔細地照他自己開列的清單，把堆在四週的貨物點檢一遍，然後把清單放在皮包裏、皮包又放在枕頭下面，在皮包旁邊放了一支實彈的手槍。他相信，這樣的佈置，再加上一個共產黨員的先天警覺性，那樣會萬無一失的。

只是可惜他的先天警覺性在船開出香港外海後，就因爲暈船而無法保持了。

開始，他不相信自己會暈船，共產黨員是可以戰勝一切的。可是，他終於發覺自己却無法戰勝這小得不足道的風浪。即使他還有興趣到甲板上去，他也是力不從心了。

這天開船以後，大副滿懷委屈地把搭客名單送給老船長。照習慣老船長要在第一夜晚餐時招待貴賓的。可是，這一次，官廳被朱政輝先生佔去了。所以王大副才去向老船長請示怎麼辦？

這一件事情使得他們兩個人的心情都不好，老船長把名單往枱上一放，皺着眉頭說：

「取消宴會。」

王大副不禁大吃一驚，這是船上的傳統，英國人最重傳統，船上也是最重傳統的。可是却因爲一個共產黨員佔住了官廳而取消傳統了。對於船上的人來說，這是一件大事情。他說：

「船長，我們也許可以換一個地方……」

「不必了。」老船長搖搖頭說。

「好，」王大副說：「我派人去通知廚房。」

老船長也似乎覺得自己的脾氣不大好，他有些歉然地望着大副說：

「我無意使你不愉快，我只是不想跟那些人在一起吃飯。」

「是，我了解。」王大副也點點頭說：「其實那位胡經理和黃小姐都很講道理，就是那個瘦子朱先生。他們告訴我他是剛從大陸上派來的政委，跟這種人講道理是講不通的。」

「他沒有別的麻煩吧？」老船長又咬上了烟斗。

「暫時沒有。」王大副接着說：「不過，我有一件事要報告船長。」

「啊？」老船長放下嘴中的烟斗說。

「船上大家的情緒不大好，他們聽到了一些謠傳，恐怕會鬧出事情來，另外。我自己還有私人困難。」

「好，先說你私人問題吧。」

「我聽說這艘船賣給共產黨的國營輪船公司了，我不能再幹下去。這一點意見也是船上一大半人的意見。」

「不錯，但是船公司和對方有協定，不願意幹的人可以請求資遣，但是得把船先送到指定的地方。」

「我可以轉告大家，但是這船原來是決定開東京的，我有一個侄女也搭了這船，是船長批准的。」

「啊，」老船長愕然地說：「你跟我說過，可是當時並沒有肯定。但是我會爲這件事負責，我等到了目的地，立即設法買飛機票送她去東京，如果你必須陪她去，由我支付兩張飛機票的費用。」

王大副本來想爲這件事向老船長發脾氣，並且借此攤牌的。可是老船長立刻認錯，倒使得他不好意思發作了。他不禁說：

「那倒是小事，不過我只希望船長能够保證我們安全離開。」

「我會的。」老船長肯定地說：「她多大了？」

「她十七歲了，家兄一家人那搬到東京去了，她等到放暑假，所以這些時住在我家裏，我答應親自送她去的。」

「這件事交給我好了，她住在那裏？」

「本來她一個人住一間房艙，後來那位黃小姐來了，她們兩人共住在一起了。」

老船長點點頭，沒有說什麼。

王大副退了出來，他沒有繼續談船上大家情緒的問題，那是談不出名堂來的，他明白。其實，他對於目前的情況也很了解，船長不能解決問題，得靠自己人的力量解決問題，那需要時間佈置。這是開船的第一天，對於他很重要，他必須儘量利用把握。

開船後第一夜的晚餐，朱政委是坐在床上吃的。

他吃得很勉强，吃不下，也不知道飯菜究竟是什麼滋味。於是他着急起來了。如果像這樣下去，不但不能照顧這一艘船，連自己也照顧不了，怎麼行呢？

晚飯是小張送的，等到小張送上咖啡準備撤走盤碟的時候，他叫住了小張。

「朱先生有什麼吩咐嗎？」小張停住手問。

「我是政委，以後你稱我政委好了。」

「是，政委。」

「你在船上的工作是不是很忙？」朱政委和顏悅色地問着。

這簡直使得小張有點受寵若驚之感了。這是他第一次看到朱政委臉上有笑容，從上船時起，他的臉上都是冷冰冰地，尤其和大副談判的時候，更不曾稍假辭色。

小張恭敬地點點頭說：

「作慣了也還好，如果侍候得不週到的時候，還得請政委多多包涵。」

「你應該說替客人服務才對。」朱政委糾正地說：「你是站在自己工作崗位上替客人服務，不是侍候誰。你明白嗎？」

小張望着對方，他腦子裏在轉着對方說這幾句話的意思。他應付過許多客人，但沒有一次遇到過這麼不講理難纏的客人。他決定對付這種惡客，多裝傻比賣弄聰明要好些。這是他在職業上學得的經驗，而且，這一次比任何一次航行都不同，他得處處小心謹愼。

「我沒有工作崗位，」小張裝傻地說：「那岸上的警察們才有崗位。而且我也不能像他們一樣站着，我得替客人作所有的事情。」

「你沒有懂得我的意思。」朱政委笑嘻嘻地說：「我是說你的地位和客人是平等的，你並不比別人低下，而且侍候是封建殘餘的名詞……」

「不，政委先生，」小張的神情顯得很緊張地說：「如果我不侍候客人，船長就要開除我了，我有一家人靠我生活，我不能失業。」

「思想裏的毒素太深！」朱政委悲天憫人地搖着頭說：「你可以稱我政委同志，你應該回國去讀人民大學，接受新的思想。」

「啊，政委先……政委同志，你眞會說笑話了，我小學都沒有畢業呢，怎麼能夠讀大學？」

「人民大學是不分成份水平的，如果你想上進，這一次船到了之後，我可以保送你到北京去深造。」

「我沒有那種福氣！」小張傻頭傻腦地搖搖頭說：「我得養活母親和阿姐，她們在香港沒有依靠，姐夫到了印尼去謀生，幾年沒回香港來了。」

「那不要緊，他們都可以回國工作的，人民政府最看重勞工份子，人民共和國是無產階級的天堂。」

「啊，政委，我有一點不懂，那爲什麼大陸上有許多人情願跑到香港來敲石子拾香烟頭過日子呢？」

朱政府沉下了臉，笑容不見了，代替它的是一層刮得下來的寒霜，他說：

「那是『國特』的僞裝份子，你同那些人往來嗎？」

小張把兩隻手一攤說：

「我船上的事情還忙不完呢，那有時間去看那些人是幹什麼？今天開船，我忙得連回家一次的時間都沒有，要是阿姐沒有趕來，幾乎連錢也沒法子送回家了。」

「這樣就很好了。」朱政委緩和下來說。

「是，政委先生！」

「同志。」

「是，政委同志還有什麼吩咐嗎？」

「啊，沒有事，不過我想問問你。」朱政委吞吞吐吐地說：「你在船上不暈船嗎？」

「剛上船也暈的，不過，後來我不敢暈．後來就慢慢地習慣了。」

「你不敢暈？」

「我要一暈船，躺在床上，就沒辦法侍候客人，我的飯碗也會摔掉了。」

「啊……」朱政委顯得有些失望地說。

「政委同志，」小張小心翼翼地試探地說：「你是不是有些暈船？」

「不，啊，還好，不暈船的人眞有福氣。」

「其實許多人都暈船的，尤其是風浪人的時候誰也受不了。」

「當你們暈船的時候，是否也吃藥？或者有什麼有效的治法沒有？」朱政委問得很平淡，好像對方答覆不答覆都無所謂似的。

小張的腦筋動了一下，他現在才算是明白朱政委爲什麼這麼大的興趣找他談話了。他心裏笑了一笑，想到了一個主意。他顯得頗有把握地說：

「啊，有許多辦法的，老水手們有他們的辦法，那是多少年來的經驗中得來的法子。」

「什麼法子呢？」朱政委顯得關心地問。

「他告訴我，最好的辦法是喝海水，或者吃生猪油。」小張一本正經地說。

「那很有效嗎？」

「他們都試過，都很有效。」

「對，這是值得提倡的方法，」朱政委若有所得地說：「既經濟，又方便，尤其是海水。」

「是，尤其是海水，隨時都可以供應。」

「船上有生猪油嗎？」朱政委問。

「我不知道，我沒問。不過如果政委同志需要的話，我一定可以找到。我可以誇口，客人要什麼東西，除了活人而外，我都會儘力辦到的。」

「我不需要的，」朱政委堅決地搖搖頭說：「不過你可以找一點送來，如果我的幹部們暈船時，他們可以不必去找船上醫生的麻煩了。」

「是，我立刻就設法送來，我想還可以順便帶一瓶海水來，必要時也可以派派用場的。」

「你好像比我想像中的要聰明一些。」朱政委不置可否地笑笑說。

「侍候客人，讓客人在船上舒服一點，是我的職責，客人順便在船長面前說句好話，我就受惠不淺了。」

小張說完，收拾了東西出去。他極力忍住笑，那一份得意的神情可惜因爲天氣已經暗下來，沒有人欣賞到。而他自己要不是兩隻手不空，他簡直要手舞足蹈地一直跳到厨房中去了。他只好捧着盤碟，一路吹着口哨跑到下面去。

他再度出來的時候，手中拿着一個白蘭地酒瓶，興高彩烈地沿着走道邊走邊吹着口哨。那時候，二副正站在梯口旁邊，差一點被埋頭走着的小張碰個正着。

「小張，」二副呵斥地說：「看你的慌勁兒！」

「二副，對不起！」小張往旁邊讓開，抱歉地說。但是，聲音中掩飾不住心裏的開心。

「你拿一瓶酒幹什麼？想惹大副揍你麼？」

「啊，」小張擠眉弄眼地四處張望一下，故作神秘地說：「裏面裝的不是酒，是海水。」

「海水！」二副詫異地問：「別胡扯，你裝一瓶海水有什麼用？」

小張幌了一下瓶子，又從外衣袋裏掏出一個有蓋的小鐵盒子說：

「眞的這裏面裝的是海水，還有這一小盒生猪油，都是住在官廳那一位朱政委同志吩咐我替他準備的。」

「我明白了，這一定是你出的花樣耍人家。」

小張極力忍住笑和那一份得意的神情，他說：

「二副當然知道我，我有義務侍候客人，得使他們很舒服。」

「你作弄客人，不害怕大副的火爆脾氣麼？當心他知道了，會一脚把你踢下海的。」

「啊，二副，可惜開船前後你在駕駛室裏照顧開船，錯過了一場好戲。那時候他要朱政委搬出官廳，朱政委不肯，他眞的發了火爆脾氣，後來要不是船長趕來，他眞可能把那小個子政委一脚踢到海裏去了。」

「怪不得你才放心大膽地出這個壞主意了。」

「好主意，二副。」小張說：「我並沒有鼓勵他喝，只是他向我請教時，我順便向他介紹了一下，他就有了興趣了。害我到厨房裏向厨師說了不少的好話才要來這一點生猪油呢。」

「他一定也自抱奮勇地替你吊一桶海水起來了？」二副忍住笑意問。

那「不必費那麼大氣力的。在抽水馬桶裏，用水海浦帮[illegible]上來的海水，他們那一輩幫子人一子也喝不完的。」

「小張，」二副止不住笑了出來，他說：「我一直不相信你也會這麼壞！」

「三副，你得多包涵一點，別讓船長和大副知道這件事，那就沒戲可看了。」

「得了，你去吧，最好你別去闖禍，少出壞主意。」

「二副，我有把握那朱政委不會洩露這件事，他一定還會得意地把這兩丹樣靈藥當成秘密仙去推銷呢。當然，他自己得先享用……」

「別囉嗦了，」二副揮揮手說：「你還有別的事情沒有？」

我「送去就沒事了，二副有什麼吩咐嗎？」

「沒有什麼特別事，二副遲疑了一下說：「我有一件事情要問你，你到官廳裏去了之後來一趟，我在船頭錨鍊機旁邊等你。」

「是，二副。」小張答應，轉身就要走。

「不要告訴別人。」二副補充了一句。

「二副，我想我懂得你的意思，」小張裝着鬼臉說：「如果那裏有人我就不來，是不是。「

「少自作聰明，」二副說：「這時候，那裏連鬼都沒有的。」

小張沒有分辯，笑笑走開了。

二副目送小張走後，他才走出舷邊，沿着欄杆向船頭慢慢走去。

甲板上很靜。貨船上的人本來不多，有的人在機艙下面工作，有的人在駕駛室值更，有的人在休息，準備下一更起來值更。搭船的客人一共有二十多個，除了暈船的躺在吊舖上睡覺而外，官廳和無線電室經常有一兩個人在繞來繞去。其餘的人和幾個船員在下面一個大艙裏圍着一付牌九，用它來治暈船比小張貢獻的方法倒是有效得多。

由於這些原因,甲板上自然會空下來了。沒有人留在上面欣賞海景,像二副說的一個鬼也沒有。船走得非常平穩，被船頭切開的浪花在兩舷輕捲，偶爾會有一些水珠碎屑飛上甲板，打在臉上會給人帶來一些輕新的涼意。

這是陰曆的上旬，月亮出來得很早，海上整個籠罩在矇矓的月光下，像蒙上了一層輕紗，美麗深邃，使人會聯想到古希臘的神話中的愛琴海。

但是，在月光裏，船上幾根伸向天空的起重桿，顯出巨大的黑影向四面突出，駕駛臺高聳着，都使人有着森嚴的感覺。

繞過吊桿以後，他開始走上船頭的那幾步扶梯，爬上扶梯之後就是起落錨鍊的部位了。他淸楚那是船上最安靜的地方，不會有人去打攪他們的談話，卽使有人來，也可以在別人走上扶梯時發覺的。他需要知道一個疑問，那就是開船時小張所帶給他的。他懷疑着小張對那個他叫的阿姐所說的話是不是包含得有別的意思？他認爲小張會相信他，會告訴他究竟是怎麼一回事的。這對他很重要，他急待證實這一點。如果能够證實了他的想法，那證明船上和他站在一條陣線上的還有別的人，那就可以省掉冒些不必要的危險了。否則，他必需另作打算，那打算也許可能包括任何的冒險在內。

使他躭憂的是：這一條船上的人，幾乎也包括他自已在內，多少在兩三年中都有些受老船長的觀念所影響，船上裝什麼貨，開到什麼地方，對於他們都不重要。他很少跟船上的同事談政治問題，在他不知道別人的想法以前，他不想讓別人明白他的想法。但是，這一次航行却和任何一次航行都不同了，雖然過去他們也開過一次上海，那是在三年以前，但兩名船員失踪，一名被以

「國特」罪名扣押的往事，使他記憶猶新。尤其是他自己的遭遇，那更是他永遠也不會忘記的了。而這一次是開到天津去，而且船也賣給共黨政權了，誰知道他們會遭到什麼命運呢？但反過來說，如果他能够有所作爲，創造一個新局面出來，那也不是不可能的。所以不管怎麼樣，他得在這短時間中盡最大努力了。

他想着，慢慢地走上扶梯，但是眼前的景象却使他驚奇了，在錨鍊柱上坐着一個人，他看到的是那人的背影。

他的脚步聲也驚動了那個人，很快地回頭來看着他。他們相距不過三五步，在明亮的月光下，他們都看得淸楚彼此的面孔。坐在錨鍊柱上是一位女郎，一副看得淸楚她不是王大副的侄女兒，而是曾使他懷疑似曾相識的那位小姐——胡經理的女秘書黃小姐。

他帶着幾分不自然和驚奇站住了，這的確出乎他的意料之外，他完全沒有準備在這地方看到人，而且又是意料不到的人。

「對不起，」他淸掃了一下喉嚨，喘囁地說：「我不是有意來驚擾你。」

這實在怪不得他沒有及早發現她，她穿着一件深色的外衣，頭髮很長，而且在她身後不遠的欄杆上，正好掛着一大塊油布，那剛剛擋住了她和梯口的視線，所以一直走近了她回頭時才發現是一個人坐在那兒。

可是，她却沒有驚奇的表情，她坐着沒有動，只是用着平靜的聲音說：

「啊，是許二副嗎？」

這使他驚異了，她認識他，而且知道他在船上的職務，那麼，他的猜想他們曾經相識是不錯了。他曾經在開船後看到她時，希望有機會和她談談，證實他是否眞的和她認識，他想晚餐席上一定可以見到她，可是，後來晚餐取消了。現在，却想不到在這裏見了她，這使他感到有些窘困。但是，他這一次看清楚了她的臉，他認出她來了。她使他在心靈上起了一陣懍悸！也使他有些不知所措他說：

「是我，黃小姐。」

「眞是人生何處不相逢，對嗎？」她用手理了一下鬢邊的長髮，姿態優美之至。她接着說：

「我眞沒有想到你就在這一條船上工作呢。」

他顯得很笨拙，和對方的平靜正好成一對比。他說：

「是的，我也沒有想到你來搭船。」

「你在開船時看到我，爲什麼不下來招呼我？」

「說實在話，那時候你戴着黑眼鏡，我沒有確定是不是你。」

她笑了，笑得很甜，又掠了一下頭髮說：

「那麼，現在你可以確定了，你知道我在這兒特地來看我的嗎？」

「不，我不知道你在這兒。船頭很少有人來的，尤其是在夜晚。」

「每天晚上你都要到船上各處巡查嗎？」

「啊，不，那不是我的工作。我只是隨便走走。」

她似信不信地微哂了一下，指着旁邊另一個錨鍊柱，眼睛却看着他說：

「那麼你能够坐一會嗎？我覺得我們這樣見面很不壞，有詩意，也有情詞……是不是？」

他的確很窘困，不知道該走開呢還是該留下來，他都找不到一個充足藉口理由。這時，他只好坐了下來說：

「不錯，海上的夜景很美。」

「尤其是月夜，我坐着看月亮已經很久了。」

在月光下，他看得見她的眼波在流轉，那眼波像海中星光倒影的閃灼。但是，那對他的意義不止是海中的星星影子。那使他很激動，也很迷惘，尤其是坐得這麼近，一陣陣茉莉香水味道沁入他的腦中。這香味對他也很熟悉，他不能不用手扶住欄杆支持住自己。

他不知道自己該對她說什麼？也不知道她曾對他說什麼？他很後悔不該在這時候到這地方來。如果在另外一個場合和她見面，如此在有第三者在場，那麼，一切都和現在不同了。他能和她談什麼呢？繼續跟着她談天氣吧。

「這是上弦月，月亮起得早，也落得早。」

「其實沒有月亮的海上也很美的。」她說：「我覺得你們航海人很幸運，星星，月亮，海波，這些配合着機器的轉動聲，船在悠悠前進，這不是很富有詩意嗎？」

「但是，在海上多半時候是有風暴和波濤的。」

「不錯，」她深深地注視着他說：「人生也是一樣，一個人在生命中也會遭遇到許多風暴的，對不對？」

這兩句話，以及她注視他的眼光都同樣的使他震撼心弦。但是，他還不能確定這句話對他是不是有特別意義？因此，他還想不到怎麼接下去。而且，他覺得她變了許多，完全不是從前的她了。

而這時候，她却很自然地接下去說了：

「我不知道你此刻心裏想什麼？不過，那絕不是我願意知道的，我可以確定。爲着珍惜我們單獨的再見，爲着珍惜此時此地的情景，我們最好不要殺風景，今宵只談海與月如何？」

在她說話的時候，小張像一頭貓似的，輕輕地從另一個扶梯爬了上來。脚步輕得也像貓，連他自己也幾乎聽不到。當他看到上面有兩個人在說話，而且很快地認出了兩個人之後，他在暗中自我欣賞地笑了一下。

不過，他聽不淸楚他們的談話，他不能再走近，當中沒有什麼東西可以掩蔽。而且，他並太關心他們談什麼，他終於又悄悄地溜下去了。

三

月亮升到中天了。天空中的星星稀少了，但是，留下來的顯得更明亮些。海的遠處看起來像有一層薄薄的霧，月光透過這霧幕，像透過一層層薄薄的絹紗。這層層的薄紗籠罩在海洋和天空之間，爲海大添上一些夜的神秘之美。天空中一絲雲也沒有，碧藍的天幕上，嵌印着的羣星，像寶石在黑暗中發着光輝。星月的光芒穿過海面上籠罩着的那一層薄薄的背，映入碧黑深沉的海波中，波浪使它們變成了一些光的碎影，盪漾着，閃灼着……

船上還是那麼安靜，燈光明亮，靜靜地在海上行駛着。月光和星光照耀着船在航行，照着被船頭切開被船尾俥葉攪起的白色浪花；也照着駕駛室內外幢幢的人影，發出反光的甲板和在波浪中微微起伏的船身。

二副站在駕駛室裏，在他旁邊是一個値更的船員，兩個人都沉默着，沒有說什麼。

他和黃小姐兩人在船頭沒有留得太久，他不是不想和她在一起，而是他付不起那麼長久的時間，而且他和她談海與月，心情却完全不對。他談不下去。黃小姐呢？她已經在船頭上坐了許久，海風很涼，她穿着一身單薄的衣服有些承受不了夜晚的涼意。同時，她的對方一直又顯得很緊張很慌亂，一再地說他需要到駕駛台上照顧去。於是她也只好回到艙裏去了。

二副回到駕駛室後，他沒有去看羅經和海圖，他倚着艙壁，兩隻眼睛一直凝望着船前面泛着銀色波濤的黑暗深沉的海水。他回到這裏來，其實並沒有什麼緊急事，幾個鐘頭以內，船都將走同一速度和同一航向，不需要他操什麼心。他只是想逃避開黃小姐，他心裏想着許多事情，想得很多，也想得很亂。

可是，他最後却在想着一個人和一件事，他想擺開那糾纏他心靈的影子，但却辦不到。那影子一直在他的腦中，若隱若現，困擾着他。

是那位黃小姐，她在船上登記簿上登記的名字是黃慰玲。這名字對他很陌生，但是他却一直在想着她本人。當他開船時對她驚鴻一瞥時，他沒有看淸楚她的臉，但是，他腦中曾經閃過了她的影子，只是他不肯肯定是她而已。這原因很簡單，不只是她不是原來的名字，因爲她是胡經理的女秘書，而胡經理是中共國營輪船公司的代表。之後，那麼巧的他們在船頭上單獨見面了，那使他完全認出她來了，她改了名字。

他對她的印象，是終身也不會忘記的。他們一共見過三次面，但是每一次見面，都是在十特殊的情形下。第一二次見面，是在香港，是在四年以前。

那也是在夜裏，夜不算太深，却有着很濃的寒意。天空中還飄着微雨。那是春天，天氣還在乍暖還寒的時候。從街頭巷尾掠過的晚風，撲上臉來；帶着一些雨絲，冷冷地，使他不得不翻起大衣領子，匆匆地穿過冷落的街道。

也許是因爲寒流突然來襲，而且還加上冷雨撲面，所以使得平常這時候還是人潮洶湧的街道也趨於冷落了。不止是冷落，街頭簡直已經見不到人，只有零落的汽車，急駛而過。人們都不約而同地匆匆回到溫暖的住所，不再停留在街頭了。

這一份氣氛，加上兩小時來他所看的一場悲劇電影，都使得他打從心底升起來一份異樣的情愫。當他獨自穿過風雨交織的街頭時，他還不斷想着那個悲劇和裏面的幾句對白。那幾句對白並不特別突出，却使他引起了很深的感慨。劇中一位深慮的母親說：

「你已經見過了他三次，第一次，最後一次，以及永遠不的一次！」

他明白劇中那一位嚐盡了愛情苦味的女兒最後懂得了這幾句話的意義和份量，他也懂得這幾句話對他的份量。

可是，世界上的事情單是懂得就能夠了解或是逃避嗎？對於劇中女主角，當她懂得這幾句話時，這幾句話只會在她心靈中增加更重的負擔。對於他，這幾句話使他想起了從前一些值得懷念以及一些瀕於絕望的灰暗的日子。

那天晚上是一個沒有星月的夜晚，他獨自一個人，邊走邊找街車。但是車很少，也沒有空着的。他只好走着，他並不害怕什麼，獨自走回碼頭上去是常有的事情。

在一條冷僻的巷子口，他忽然聽到了一聲女人的尖叫聲，像是從巷子裏發出來的。他本能地停止了脚步，朝巷子裏面張望着。然後，又聽到一聲像是被什麼東西悶住而發出的掙扎的聲音。香港是一個混亂的城市，隨時可以發生任何事情的，他相信一定是有什麼事情發生了，毫不猶疑地衝了進去。

他轉走了一個屋角，很快就發現在一座高牆下，一個寬濶的背影，正把另一個女人抵在牆上，後者用脚踢着他，作絕望的掙扎，她喉中不斷發出唔唔的聲音來。在附近地上，有一個酒瓶和女用的手袋。那事情很容易解釋，一個暴徒正在襲刼一個單身的女郎，他到得正是時候。

他幾乎沒有經過任何思考就衝了過去，用力扳過那暴徒的左肩，他才發現那是一個高大健壯的洋水手，跟他是同行的。他在那水手剛剛轉過頭時，就在那長滿髭鬚的下顎上重擊了一拳。大概是因爲他恨那暴徒不該是一個水手，所以那一拳比平常加了一倍的力氣。

那洋水手的個子比起他來又高又大，這一重擊只使他的高大身體幌了一下。跟着就低吼一聲，向他撲了過來。那水手也顯然想抓住他，扼他的喉嚨，像對付那女人一樣。但是這一次對手不同了，他冷靜地朝旁邊讓開，一陣巨大的拳風從他的耳邊掠過去了。他趁着他重心不穩的時候，在那水手肥肥的肚皮上敬上了一拳。那洋水手悶哼一聲，彎下了腰。他沒有讓他喘息和轉過身來的時候，就勢在他臀部上踢了一腳。這一次，那洋水手向前面脚步踉蹌地衝了三四步，終於倒在一根電線桿旁邊不動了。

這時候，他才把注意力轉到那位不幸者的身上去，他看到的是一位裝束入時的女郎，她倚着牆坐着，用兩隻手揉着喉嚨，不斷地咳嗽。

他又望了那水手一眼，仍然在地上蠕動，準備爬起來。他明白時間很可寶貴，他不能等那水手爬起來，但他也不想弄出人命來。於是，他拾起地上的手袋，另一隻手把女郎拉起來。她無力地倚在他的臂上，被他連拖帶拉地跑出那條巷子，到了大街上，他才把步伐慢下來。

她也許是受驚過度，全身仍在顫抖着，站立不穩，緊緊地靠在他的手臂上。

「我來得晚了一點，你沒事吧？」

「多謝你救了我，先生。」她喘息不定地說。

「現在沒有事了，」他說：「我猜那傢伙起碼得在地上躺五分鐘才爬得起來。」

「那外國佬差一點扼死我了。」她仍然用一隻手揉着喉嚨，向他解釋地說。

他沒有等她說下去，就直率地打斷她的話說：

「小姐，你不該這麼晚才回家的，香港是一個很亂的城市……」

她抬頭望了他一眼，眼光中顯出了一份無可奈何的哀怨神情，她沒有說什麼。

「對不起，」他輕輕地撫着她的手說：「我無意讓你難過的。」

「我知道。」她說。

「小姐，你住在什麼路？」

她說了一個街道的名字，但是，香港他不太熟，他對那街名沒有印象。

「那麼，」他說：「我叫車送你回去吧。」

「那不太遠的，就在這附近，我住在一家公寓裏，我還是自己回去吧。」

她說着，一面指着她住的那家公寓的方向。但是，他看得出她的精神和身體都幾乎還停在崩潰的邊緣。反正他沒有事。他說：

「我送你比較好一點，這一帶人很少，恐怕那傢伙爬起來找到你。」

她終於點點頭，任憑他扶着她走着。她簡直一點氣力都沒有，幾乎是整個重量都倒在他臂彎裏了。

那條街很清靜，有許多雅緻的公寓。他把她送到以後，發覺她住在公寓的三樓，只好又扶她上樓去。
她從手袋裏取出鑰匙來，他接過去替她開了門。她單獨一個人住在公寓裏，房間顯得很整潔，裏面的陳設也很不錯。
她回到自己住所以後，精神顯得安定得多了。她對他解釋剛才發生的事情，她回家，發現那洋水手跟着她走。手中拿着酒瓶，嘴裏說的盡是一些下流話。她想他一定是喝得半醉了。她想躲開他，繞進了那條巷子，想不到他跑得比她快，在巷子裏抓住了她。她才喊出一聲，他就扼住了她的喉嚨……
在房間裏柔和的燈光下，他看到她很年輕，很美。她讓他坐下以後，獨自到化裝室去洗了一下臉，梳了一下蓬亂的頭髮。
他坐下來，抽起了一支烟。他想等她出來後，他就告辭。一個人坐在單身小姐香閨裏，他忽然感到拘束起來了。
她再度出來了。他站起來告辭的時候，她留住了他，她說：
「我還沒有請教你的大名呢，太失禮了。」
「我姓許，」他想用笑話來冲淡自己內心的拘束，他說：「請求允許的許。」
「啊，許先生，我叫做麗莎，你就叫我的名字好了。」她手中拿起一支烟，甜甜地笑了一下說：「請問許先生在那兒得意？」

「很抱歉，我和剛才那個傢伙是同行。」他笑着說：「大概是這個原因，剛才我出手才重一些。」

她笑了一笑說：

「許先生，我眞不相信你是船員，你像前幾天我看過一部電影裏的那位男主角。」

「那我也不必問那是一部什麼電影了，我躭心你會說是『鐘樓怪人』。」

麗莎噗哧地笑出了聲。他說：

「如果你去演鐘樓怪人，那電影公司會改名叫做鐘樓美男子了。」

「謝謝你，這是我聽到的最好的恭維話了。」他借這機會站了起來說：「我該走了。」

「許先生住在那裏？」

「干諾道碼頭邊的一個鐵皮罐子裏，如果不是那裏有一張床位，我看香港也不會收容我了。」

她望望牆上的掛鐘，還有半小時到十二點。她說：

「我打電話替你叫一輛車，回去很方便的。現在，讓我先招待招待你，表示我的謝意，喝一杯酒好不好？」

「多謝你，麗莎小姐，我從不喝酒的。」

他不是不喝酒，不過他不想在這時候和這地方喝。他想說說謊也無害的。可是，她大概有些不相信地說：

「我不相信船員不喝酒。不過，我不勉强你。我冲兩杯牛奶，烤兩片麵包請請你，表示一下我的謝意好麼？」

「好！」他點頭說：「我能幫你忙嗎？你該好好休息一下的。」

「我已經好了。」她臉上綻開一個頑皮的笑容說：「你可以幫忙我吃幾塊點心，不然到明天會壞了。」

說完，她笑着到後面去了。

他坐下，抽着烟，不禁沉思起來。

他看不出她是怎麼樣的一個人，從這房間裏的一切陳設也看不出她的身份來。牆上有一些畫片和風景照片，那是一般客廳裏經常可以見到的裝飾品。不過，那也可以看得出主人並不俗，從室中有些小物品看來，可見他的慧心。

然後，他的眼光停留在酒櫃上麗莎的一張放大照片上了。那張照片照得很美，尤其是她的一對眼睛很迷人。

麗莎端出了牛奶和點心麵包，兩個人在茶几旁坐下來，她只喝牛奶，看着他吃點心。等到他也看她，兩人的眼睛相遇時，她笑笑問：

「許先生，你是船長嗎？」

「不，啊，」他也笑笑說：「我們船長比我大三十歲呢。」

「那麼，你在船上作什麼工作？航海？輪機？」

「麗莎小姐，你對船上的情形知道得很多嘛！我是在航海部門工作的。」

「對於海和船我都懂得很少，」她搖搖頭說：「不過我總覺得你們有着一些與旁人不同的氣質。」

「包括那個躺在陰溝邊的那個洋水手嗎？」

「許先生，你忘記你說過香港是一個很亂的都市了。」她笑着回答。

這機敏的對話使他覺得她是一個很聰明的女郎，他忽然覺得他應該勸她幾句，他並沒有想到是否應該或是不是得體。他說：

「麗莎小姐，這句話不錯，每個人都可能在這大都市裏遭到意外的暗算，但是你應該多注意一點，你很美麗，美麗的女孩子容易受人注意，落入陷阱。你不能也不應該落入任何陷阱，那會使許多人都會難過的。我想你會懂得我的意思，我不單是指今晚的意外事件……」

她沒有回答他的話，睫毛却深垂下去，眼光低落到牛奶杯中，臉上出現了一抹紅暈。

他忽然覺得自己太唐突了，第一次見面怎麼能說這種話呢？這不是所謂的交淺言深，自討沒趣麼？他搭訕着站了起來說：

「麗莎小姐，多謝你的招待，我該走了，不要介意剛才我說的話。」

她抬起了頭，眼光中絲毫沒有憤怒的表情，她說：

「不，我會謝謝你的好意。明天你有空嗎？」

「啊，如果你不像這樣費事招待我，我會隨時來的。」

「我不會忘記你，不單是你救了我的命……」

「麗莎小姐，我不歡喜你這種想法。」他說：「對於這種事情，任何人都不會坐視不理的。只是我是偶然碰上而已。」

「不一定，你和別人不同，」她搖搖頭，注視着他說：「你的拳擊比別人精采，你打倒了那水手。換另外一個人，也許他也能辦到這一點，但是他不會關心我，更不會責備我……」

「麗莎小姐，」他有些惶恐地說：「每個人都需要關心的，我當然關心你，但我不是有意責備你……」

「我們不談這問題了，我想知道，明天晚上你有時間嗎？」

「如果你要我來，你不必問我有沒有空。」

「好，那麼，明天晚上七點鐘，我請你在南國飯店吃晚飯。」

「我一定準時去，不過我有一個請求，我作主人。」

「下一次吧，這一次是我提議的。」她笑得很甜。

「好，我們明天見。」

「你下去，我不送你，我打電話給公寓下面的士，他們會開車到門口等你的。」

他下了樓，到大門口，果然有一輛的士等着他了。他坐了上去，當汽車駛過寂靜街道時，他滿腦子幾乎都是麗莎的影子。如果他這時有願望的話，他眞希望此時就是第二天下午七點鐘，他可以命令車子直駛南國飯店了。

第二天下午七點鐘還差十分鐘，他就雇的士到了南國飯店了。那是一個規模相當大的飯店，佈置裝璜都相當的考究。那的確是約會吃飯的好地方。不過，他到的時候，麗莎還沒有到，他只好坐下來等她。

他沒有等多久，準七點，麗莎就出現了。她的出現，立刻就吸引住他的全部注意力了。他注意她身材不高也不矮，也不算特別美。但是，她的眼睛却有着一份特別的迷人力量，容易使人一見就有好感。

她穿着一件湖色的旗袍，淺灰色的春季大衣。髮上壓着一頂小帽，顯得她十分素雅和嬌麗。

當他準備替她脫下大衣時，她笑笑說：

「對不起，主人比客人遲到了。不過，我訂了一個比較好的位子，我們搬過去吧。」

侍者向麗莎點頭微笑，然後領他們到表演台前面正中地方一個坐位坐下來。他接着她剛才的話說：

「是我來早了，你來得很準時，我有些等不及，我覺得今天的時間好像特別長些。」

她用淺笑作答。

接着，侍者送來菜單，她沒有徵求他的意見就點了菜，而且還要了兩杯馬提尼酒。

她點的菜很豐富，使他有些不安，但是他想等到吃完了他搶着先去付賬吧。他禮貌地問：

「昨天晚上睡得還好嗎？」

「啊，好極了，大概你剛坐在車上我就睡熟了呢。你呢？直接回到船上了吧？」

「我回去了，不過，」他笑笑說：「我在官廳裏停留了很久，同事們圍着我，公審了我一個鐘頭。」

「公審？」她手中的餐巾突然落下了。這顯得她很爲這兩個字吃驚。

「啊，這是我們船上的規矩，」他笑着解釋說：「同事對於遲歸的人總歡喜找些開玩笑的資料，他們會逼問遲歸的理由。」

「啊，」她好像鬆了一口氣說：「那很有趣，你對他說了些什麼呢？」

「我說了昨天所有的情形，但是他們認爲不滿意，還要追問下去。」

她似乎對這件事情很有興趣似的，她問：

「他們還追問些什麼呢？」

他覺得自己有些失言了，他不該對她說出這件事的，也不該一開始就談他自己。可是，他却笨拙得想不出該怎麼樣結束這個題目。他只好笑笑搖着頭說：

「算了，那沒有什麼好聽的。」

「不錯，」她天眞地搖着他的手說：「我要聽。」

「眞的，沒有什麼，那都是船上同事們開玩笑，有人問些髒話，有人駡我傻瓜。」

「怎麼會駡傻瓜呢？」

「他們說：我簡直傻得連你是怎麼樣一個人都沒問。」

「不錯，」她點點頭說：「你昨天沒問過我。」

「我從來不歡喜打聽別人私事的。」

「可是我不是問過你麼？」

「啊，那不同的。」他支吾地說。事實上，他也說不出來倒底有什麼不同地方。在他心裏，當然也想知道她倒底是作什麼的？可是他覺得這麼一來，倒僵住了。他沒有機會再啓齒問了。

不過，她好像很感動，注視着他說：

「你眞好，你和別人一點也不同。不過，我並不想有意保持神秘，等一下你就會知道了。」

他覺得他在她面前更顯得笨拙了，他也不懂得她爲什麽那樣說他？他那一點和別人不同？他只好用笑話解嘲。他說：

「是的，我生下來就和別人不同，在弟兄中，我是最笨的一個了。」

「啊，我不會再遇到更聰明的人了。」她接着問：「今天晚上，你希望有些什麽節目呢？」

「麗莎小姐，我聽你安排。」

這時候，酒送來了。她笑迷迷地舉起了酒杯說：

「好！我們爲今夜先喝這一杯。」

「好！」

他舉起杯來，和她手中的酒杯輕輕碰了一下，然後各自都喝了一口。他只是順着她應了一個好字，沒有想到什麽。

可是，她却望着他神秘地一笑說：

「那麽你回船晚了同事們不又要公審你麽？」

「我會說謊，」他笑笑，放下酒杯說：「今天上岸時，我已經說了謊，不然的話，南國飯店會擠滿海員了。」

「那場面也夠偉大呢，我歡喜那場面的。」

「啊，麗莎小姐，過幾天我們船上有一次盛大宴會，你願意光臨作我的客人嗎？」他充滿期待地說。

「那再說吧，」她好像有些悵惘地說：「不過，我是十分希望能去參加的。」

「我更是十分誠意邀請你去的。」

她沒有接下去，菜來了，非常豐盛，兩個人吃未免太奢侈了一些。

吃完飯以後，他找了一個機會離開她，找到侍者付錢。可是那侍者笑笑說：

「麗莎小姐已經付過了。」

他無可奈何，只好回到餐桌上去。這時麗莎不在，他猜她大概到化妝室去了，舞台上有表演節目，舞蹈、歌唱，還有魔術表演。

他決定等麗莎回來，和她商量飯後的節目，那由他請客。他總覺得由小姐請客使得他很不安。

麗莎一會後從化妝室回來了。他還沒有開口，她說：

「南國飯店不能算是香港最好的舞廳，不過這裏距我們兩人住的地方都不遠，我們在這裏多玩一點時間，你說好不好？」

他沒有反對，他沒有理由反對這地方，尤其是出她提議的。同時，他已經有了一個强烈的感覺，有她在一起，他就會忘却周圍一切了。

不過，他仍然不免有些耿耿於心的，她的身世於他來說是一個謎，他只認識她兩天，對於她過去的一切完全是一張白紙。他希望知道，然而他却不敢問，他知道有些人的歷史遠不如本人美，尤其是女人。同時，他不知道怎麽樣，他並不是一個笨人，可是到她面前就顯得十分笨拙了。

不過，很快地這個謎底就明白了。

當他們兩人跳完了一隻舞曲以後，接着，她向他道歉說她要走開一會兒。

他沒有介意，獨自坐下來抽起一枝烟。

樂隊奏起一隻曲子，是在香港當時正在流行的一隻中國歌曲，名字叫做「今夜，今夜」。出乎他意料之外的，報幕人報告麗莎小姐獻唱，同時，霓虹燈也亮出了「麗莎」兩個大字。然後，麗莎在台上出現了，她換了一件金光閃閃的晚禮服，低胸、長裾，顯得又高貴又美麗。

這一隻歌曲她幾乎是對他唱的，有一半時間眼光就沒有離開過他。那含情默默的眼光，以及歌曲中那些帶着啓示性的語句，都使他心醉。

他忽然想起來他在香港另外一家歌廳也聽她唱過一次歌，那是在半年以前。他還記得當他和船上同事們聽她唱歌時，同事們還談論過她的眼睛很迷人。使他們留下了深刻記憶的是她的眼睛而不是她的歌聲。

但是在這時候，他發覺她的歌也唱得很好，除了音色音質都很美而外，最重要的是她把感情貫注在歌聲裏，使人共鳴。

這一隻歌唱完了，贏得了全場熱烈的掌聲。然後她又繼續唱了三隻歌，才在掌聲中下台。

她再度在他旁邊坐下來時，他發現她的情緒不像唱歌以前那樣平靜了。他極力稱讚了她的歌聲，她只是笑笑。他不知道是什麼原因？他終於想到該說點別的事：

「麗莎小姐，」他說：「我現在記起來了，半年以前我在另外一家歌廳聽你唱過歌」。

「是剛才想起來的麼？」

「是的，那時候我和同事們就深刻記得你的眼睛和歌聲。可惜的是第二天我們就開船了。不然的話，說不定早會認識你了。」

她坐得離開他遠一點，注視着他說：

「現在，你應該知道我是作什麼的了，我是一個歌女……」

「麗莎小姐，我不歡喜你用這種語氣對我說話。每一種職業的代價都是爲了生活，找尋職業是依着每個人的興趣和特長，那沒有什麼不同。」

「對我也許不同，我總覺得作歌女總不是一件值得誇耀的事情。」

「那是你昨夜沒有告訴我的原因麼？」

她點點頭，仍然注視着他說：

「不錯，我怕你瞧不起我。但是我也不想瞞着你，今天我來這裏，本來可以不必唱歌的，但是我仍然唱了，我爲你唱的歌。」

他用手按在她放在枱上的手，誠懇地說：

「不要這樣說，希望你當我是你的朋友，你會相信我絕不會有這樣的想法。不管你作什麼，我同樣尊重你。何況一位名歌星更是受大家崇拜的呢。」

她不答，把頭低了下去，他聽得見她的輕微的歎息聲音。接着另一隻音樂響了，他請她下去跳舞。她把頭靠在他的肩上，任憑他帶着她跳着。終於，她在他耳邊說：

「是的，我相信你的話。昨天晚上我見到你，就對你有這種感覺。你是值得相信的人，但是，我也許受過太多的折磨，我不能不那樣想。」

「別那麼想，我最愛聽你唱的第一隻歌：『今夜，今夜』，麗莎，今夜是屬於我們的。」

「今夜，啊，今夜！」

她說着，突然緊緊地擁抱着他。顯得她很激動。他也同樣地激動，他突然想到他想對她說：

「我愛你！」可是，琴鍵上已經奏完了最後一個音符。他有些悵惘，只好挽着她，回到座位上去。

她走了幾步，忽然顫抖了一下，緊緊地抓住他的手臂。他驚異地看着她，發覺她的眼光落在一個角落的座位上，他隨着她的眼光望過去，那裏坐着三個强壯的洋水手，和兩個舞女。那三個人似乎正不懷好意地望着他和麗莎。

他沒有太注意那三個人，只是傲然地望了他們一眼後，就帶着她囘到坐位了。

但是，他看得出麗莎的臉色變得十分蒼白了。他問：

「你認識他們麼？」

她從桌子下面抓住他的手，她的手在顫抖。她說：

「昨晚上和你打架的，就是他們中間的一個。」

這句話不禁引起他極大的注意力了，他再朝那邊望過去，發覺那幾個人也望着這邊在商量些什麼。

他不禁躭憂起來了，說實話，對付一個他已經很勉强，對付三個人是毫無勝算希望的。不過，他懂得他們不會現在就動手，他們一定等着他們出去，在外面揍他。或者，也可能在他們跳舞時故意找麻煩衝撞，惹他生氣然後打起來。他一面想着各種對策，一面試着使麗莎鎮定下來，他問：

「麗莎，以前你認識他們嗎？」

「我以前在另一家唱歌時，他們糾纏過我，後來我轉到這裏來，他們沒來過，已經許久不見了。昨天和今天都是偶然遇到的。」她望着他，十分不安地說：「我眞不該約你到這裏來。」

「別害怕，我是打架的好手呢。」

「你一個人跟他們打？」

「當然不，你不是要南國飯店擠滿船員的場面嗎？我打電話到船上，頂多一刻鐘就可以辦到了。」

「不要，」她拉着他的手說：「我們從後門走吧，我不願爲你帶來麻煩。」

「那不行，他們會在外面等着我們的，還是讓我用電話召人來吧。」

其實，他內心也很緊張，可能那幾個人不會讓他打電話的。他們可以找任何藉口找麻煩，甚至根本不需要藉口。

不過，他們兩人很幸運，正在這時候，五六個中國海員進來了。這一帶的娛樂場所總少不了海員們的，但是這幾個人却來得太湊巧了。而且還有一兩個人是他認識的。

正當他們站着找坐位時，他搶了過去說：

「你們可以坐我的坐位，不過我有一點事情請你們幫忙，我遇着一點小麻煩。」

有一個高大的海員拍拍他的肩頭說：

「小許，有什麼麻煩？交給我吧。」

「我只想借重一下你們幾位的聲勢，有三個洋水手對我的女伴不禮貌，希望你們送我出門上了汽車就沒事了。」

「這是什麼話？」那水牛般的船員瞪眼扠着手說：「小許，你怎能這麼洩氣，告訴我是誰？讓我先揍他一頓再說。」

「謝謝，」他笑着說：「不過我的女伴在這裏唱歌，如果爲她惹麻煩，老闆可能不高興，她不願丟掉飯碗。」

終於照他的辦法，幾個人把他們兩人安全送出門，上了汽車。那幾個洋水手也不敢妄動了。

那一晚，他在麗莎的寓所留了下來。他不想走，麗莎也不希望他走。連着這兩晚上的遭遇使她心悸，也使他們兩人由陌生人變成相依相愛的情侶了。

但是，這也爲他帶來了沉重的心情。他不是屬於那種「每一個碼頭都有一個情婦」的船員，他珍惜自己的情感。他明白他愛麗莎，他對她的關切幾乎超過了對他自己。他覺得：那幾個洋水手既然和她結下了「樑子」，那麼他們能在外面找到她，說不定也能找到她的寓所的。一個美麗的少女在香港單獨一個人太危險了，何況她的職業又本來是在危險邊緣呢？他想，既然她相信他，他就應該幫助她。而且不能隱瞞自己的情感。而且現在他們間的關係已經不是普通朋友了。

於是，他試着對她說：

「麗莎，我想勸勸你，不要再去唱歌，這職業對你已經不合適了。」

她轉過頭來望着他，她看得出他的誠懇。她問：

「你爲那幾個洋水手爲我躭心麼？」

「那是你看得見的，還有許多你看不見的，香港是一個很混亂的城市，你願意換換環境嗎？」

「換換環境？」她顯得怔了一下，然後垂下了睫毛緩緩地說：「我也像這樣想過，不過對我來說，這並不是太容易的事情。」

「你覺的很難嗎？麗莎？」

「許，」她長長地歎了一口氣說：「請相信我，我並不是容易向人家訴苦的人。」

「對我訴一次苦吧，如果你認爲值得的話。」

「一個人，很難擺脫習慣了的生活，我還有家庭負擔，我有媽媽和弟弟，他們在上海靠我撫養，而我又別無所長，我能怎麼辦呢？」

「麗莎，請你嫁給我吧，我能照顧你，把你的困難交給我吧。」

「你願意要我麼？」

「麗莎，」他伸手抱住她激情地說：「不祇是要你，我愛你，我永遠愛你，我要保護你！」

「可是，你會離開我，你必須工作，我害怕一個人留在這裏……」

「啊，麗莎，我有主意，我們到臺灣去，在那邊的朋友能爲我找到工作，我想你不在乎苦一點吧？」

「吃苦，我當然能吃苦的。」她說着，眼睛中突然放出了希望的光彩，她也緊緊地抱着他說：「你說，眞的你能帶我到臺灣去？」

「放心吧，這件事你可以完全信任我，給我照片，明天早上我就替你設法申請入境證去，我還存得有一點錢，可以作我們的旅費，到那裏我相信找工作不太難的。政府對於從海外回去的人會優先安置，頂多我們的生活苦一點，但是，我們會永遠在一起了。」

「啊，正溫，」她感動地叫着他的名字說：「我多麼高興！如果你能了解我的生活，你眞想不到我在精神上是多麼痛苦無依了。」

「現在再不會孤獨了，我會和你永遠在一起的。」

「是眞的麼？你眞的如此愛我麼？我眞害怕是夢！」

「麗莎，這是眞的，我可以告訴你，在你的面前，我一直覺得我很笨。但是，有一點我很淸楚，我愛你，關切你，看重你的幸福勝於我自己。你不必問我爲什麼，有時候一個人作事找不出理由來，也不必問理由……」

她忽然衝動地抱着他說：

「不要說了，我明白。」

他也緊緊地抱着她，深深地吻着她。

第二天早上，他吃了她爲他作的早點。他覺得那是他有生以來吃的最好的早點。他走的時候，他說：

「麗莎，上午最好就去洗照片，我來你這裏吃晚飯，要我帶什麼來嗎？」

她點點頭，然後又搖搖頭，依戀地把他送到門口。

他覺得她眼光中含得有無限的溫柔和眷戀。但也有包含得有許多的東西，他看不懂。

不過，他想他會慢慢懂得的，他會有許多的時間，他的一生。

但是，這天下午他到麗莎的寓所時，他敲門，開門的却是一個中年婦人。他正驚訝地想開口問時，那中年婦人先開口問：

「請問你是許正溫先生嗎？」

「你怎麼知道我的名字？」他驚訝地問。

「昨天晚上我看見你陪着麗莎小姐回來的。」

「啊，」他有點不好意思，但是他很快就釋然了，他將和麗莎結婚，別人不會笑他們偷偷摸摸的了。他說：「麗莎呢？」

那婦人望了他一眼，顯出十分同情地說：

「你進來坐吧，我慢慢告訴你。」

她的話突然使他呆住了，他也看到了房間裏改變了形狀，除了傢俱之外，麗莎的東西都不見了。他有些着慌，口吃地問：

「麗莎呢？」

「許先生，麗莎走了。」那婦人眼裏也充滿了淚珠說：「她在香港沒有一個親人，她把我當成親人。今天，她哭了一上午，她告訴了我，關於你們兩人的事情。她不能嫁給你，這不是她自己的意思，她有困難。她走了，她關照我這房間留給你，她付了一年房租，她的行李都保留在這裏。她說你隨時可以來住。」

這些話，像雷一樣地轟擊着他的頭腦，打擊着他的心靈。他不知所措地站在客廳裏，一動也不動。

一直到房東太太收拾好房間，遞了一封信給他說：

「許先生，你坐吧，這是麗莎留給你的信。」

「啊，謝謝你！」他茫然地說。

他不記得什麼時候離開房裏下樓的。他手中一直拿着她的信，以及房東太太交給他的一把門鎖匙。

那信不長，但是每一句話都在他心中留下難忘的記憶。麗莎還送了他一張放大照片，就是放在客廳中的他很歡喜的那一張。但是後來一次大風浪航行中，那信，照片和他的一切東西都被水泡壞了。不過，他永遠記得那封信上寫的那些話：

『正溫：不要怪我不了解你的好心，不要怪我狠心離開你，因爲這樣作對我們兩人都好些。我已經替你找了不少麻煩，再下去，我也會把你拖入陷阱了。我不願你陷下去，我不願對你如此作。

我必須離開香港，我要你明白，這不是爲了香港對我有危險，而是爲了我對你有危險。你不會明白，我也希望你永遠不明白。——今大早晨你走後，我哭了很久，我哭遇見你太遲了。

忘記我吧，正溫，不要找我，我已經離開了這地方。不過我會永遠記得你，記得你對我付出的一切

不管你是否覺得有意義，有一句話我還是要告訴你：我愛你！我永遠愛你！

你的麗莎。」

他不能就這樣放棄她，之後，他又去找了幾次房東太太，她不肯告訴他什麼。到最後，她才透露一點消息給他，但要他發誓不得告訴第二個人。她說：麗莎回上海去了。她本來不願回去的，共幹用她的母親和弟弟作人質，先迫她在香港替他們工作，後來發覺她惹出了麻煩，又和他有了不尋常的關係。於是，他們來脅迫她，要她回上海去，否則就對她的家屬和許正溫不利。他不願使他受到傷害，只好跟他們回上海去了。

這樣一來，他只好死了這一條心了。

但是，他無法忘記她，儘管他們兩人只見了兩次面，然而她的音容笑貌，已經深深地印入他的腦中了。

這使他有了一個狂想，他希望有機會時，他到上海去尋她。他知道這是夢想，上海有六百萬人，如何能找到她？而且，何況上海又是在鐵幕之內呢。

四

月光慷慨地灑在船頭上，那裏沒有任何東西遮住月光，而且船又正好是朝着月光射來的方向前進的。這樣，兩個走向船頭的人影使清晰地在甲板上映出了。

許正溫站在駕駛室裏，他看得淸楚那兩個人，一個是袖上閃着三道金線的王大副，一個是小張。兩個人的脚步聲打斷了他的幻想，把他從回憶中帶回了現實。

他奇怪他們兩個人這時候還到船頭上去作什麼呢？不過他想得到一定又是大副拉上小張的公差了。他不禁有些替小張抱委屈，他從白天忙到夜晚。大副這時候還拖他到船頭去搬什麼東西，而那根本就不是小張的工作。他不禁感到這一位「管家婆」實在太囉嗦了。

大副站在船頭，比手劃脚地指揮着小張，把掛在欄杆上的那一塊油布取下來，叠好。

在船上，王大副的確像一個管家婆，仔細而精明。不分晝夜地在船上巡視，處理着一切瑣碎事件。可是，看他本人却一點也不像一個管家婆。他健壯得像一條牡牛，臉頰上叢生着鬍鬚，有時他脫光上衣時，胸上還長着一叢密密的黑毛。海風和太陽把他一身曬得又黑又紅，肌肉到處都不安份地突出來。小張沒有誇張他，的確如果他發起怒來，可以用一隻手很容易的把對手拋到海裏去的。

平常，他說話時，也是粗聲粗氣地。但是這時候，他在船頭上和小張在一起，一點也不粗聲粗氣。儘管在月光下，兩個人都看得淸淸楚楚，附近一個人影也沒有，他却仍然顯得特別小心、仔細。

「小張，」王大副壓着嗓門問：「你說，一個鐘頭以前，二副要你約黃小姐到這裏來談話麼？」

「不，大副，」小張一面收拾油布，一面答覆說：「他要我到這裏來有事，可是沒告訴我什麼事。後來我從官廳裏作完事出來到這裏時，他們兩個人已經坐在這地方，談得很投機了。」

「談得很投機？」大副很注意地問：「你聽到他們談什麼沒有？」

「沒有，」小張搖搖頭說：「我不想讓他們兩個人看到我，所以我發現了是他們兩個人之後，我就悄悄地走開了。」

「你應該聽一聽的。」大副說：「這對於我們非常重要。那女人是胡經理的女秘書，不用猜，她一定是一個女特務。」

「我也是這麼想，大副。但是我不想讓二副懷疑我。不過我有一點疑心，他們兩人很可能以前認識。如果是這樣的話，我相信二副可能另有用意。」

「我們不能太相信人，二副太年輕，他還不懂得女人的可怕！前幾年香港一個歌女就曾經弄得他失魂落魄了好久。萬一日子長了，我怕他會受她的影響。」

「大副，你相信日子會長嗎？」小張抬頭問。

「我們必須作最壞的打算，這一次和任何一次航行不同，我們絕不能坐視時機失去。假如你在開船時送出去的消息傳不到時……」

「啊，她一定會送到的。」小張說，他心裏忽然起了一個陰影，那不是不可能的。假如人家注意了那些話，很可能把阿姐扣了起來，那就糟了。但是，他仍然興奮地說：「這等今夜小胡值班的時候就可以知道了。如果那邊沒有收到訊號，我們還可以利用無線電再發一次。」

「現在只好暫時等一下了，不到必要時，我們不能冒險。電報室附近經常有特務在巡邏，我們房艙附近也有他們的人。你得留心一點，千萬不要把他們所有的人都當成土包子。在事情還沒有把握前，最好不要讓別人對我們起疑心。」

「是，大副。」

「船長睡了麼？」

「是的，他關照我到十二點鐘叫起他，要親自校正航向。我已經交代値更人員記在夜令簿上了。大副，你看這是不是表示他對二副不放心？」

「他對二副一直很放心的。我正是因爲他們兩人很合得來，恐怕二副受船長影響太深。」

「可是開船以前，我親身聽到二副向船長抗議，是那樣我才聽到關於船的消息的。」

「他的抗議並不重要，每次到最後他還是照老船長的意思作了。」大副緩緩地說：「我想老頭子要親自校正航向是表示他對整條船都不放心，到下半夜以後，船會接近臺灣海峽的邊緣不遠了。」

「大副，是不是我們的消息傳出去後，我們的海軍就會出來抓這條船呢？」

「這就是我們的計劃，但是，老頭子並不歡喜這樣。」

「大副，」小張迫不及待地問：「那麼，我們就只是等着海軍出來抓船麼？」

王大副再仔細地朝四處望望，把嗓門壓得更低，這樣對他很不習慣。他說：

「寶船的情報我老早得到了，只是開什麼地方，走什麼航線對我們很重要。所以現在全部希望就在你得到的消息能夠送到。那麼海軍就會出動了。現在，有一樁重要的工作要你去作。」

「什麼工作，大副？」小張又緊張又興奮地問。

「朱政委睡了沒有？」大副却反問着。

「我出來的時候他還沒有睡，不過我敢相信到了下半夜，他會睡得像一條猪似的。」

「好，有一件工作你想辦法去作，務必在天亮以前完成。」王大副悄聲地十分鄭重地說：「開船後，我看到胡經理交給朱政委幾份文件，好像是船隻買賣的合同或是讓渡證，那對我們很重要。朱政委把文件放在一個公文皮包中，就在他的床頭……」

「我去偷來麼？」

「不錯，你去拿比較方便一點。」

小張的眼睛轉動着，他在動腦筋看有什麼主意？這件事情很不容易作到。但是既然大副說它很重要，那他就得設法子偷出來。不過，他仍然問：

「大副，如果海軍出來抓到這條船，那文件不是也可以得到了嗎？一定要先拿到嗎？」

「你不懂，如果海軍搜查這條船，他們會把文件收藏起來，或是乾脆燬掉，那麼，我們也無法證明這條船已經賣了。那時候，老頭子會站在他們那一邊，提出嚴重抗議，在公海上，我們海軍也不方便扣第三國船隻的。」

「啊，我懂了，如果得到那些文件我們就可以名正言順地扣留她了？」

「不錯，而且，我們退一步打算，萬一海軍沒得到消息，不出來抓船，那我們得靠自己的力量對付那些特務，說動全體船員把船開到臺灣去。但是對大家不能光靠口頭說動他們，必須拿出證據來。有了證據，大家都會相信我們了。」

「好，」小張點頭說：「我一定辦到。」

「在下半夜下手，我派小胡在外面接應你。」

大副說完後，帶着小張，兩個人浴着月光，從船頭走過甲板。然後有意地走過官廳門口，看看動靜。

正巧，黃小姐也走向官廳，她是從後面房艙走過來的，她向大副微笑着打了一個招呼，大副只好停住脚步也向她點點頭。

小張會意地向大副行了一個禮，一個人走開去。他一離開大副之後，像脫了繩索的狗。輕鬆地三步兩脚就跳下了舷梯，一面吹着口哨。差一點一脚踩在一個偷偷蹓上來的「同志」的頭上了。他吐了一下舌頭，那人只好狠狠地瞪了他一眼上去了。

大副和黃小姐打了招呼以後，他也準備離開，但是黃小姐却開口說：

「大副，你還沒有休息麼？」

「啊，沒有，」他沒有準備和她交談，但是，他這時不能不敷衍兩句了。他說：「我每晚睡覺以前，都要在船上各處看看的。」

「太辛苦了。」她笑笑說：「你要不要去看看小妹？她在房裏看了一會書，我出來時她正準備睡了。」

王大副忽然想起了他的小侄女兒是和黃小姐住在一個艙裏的。他不得不客氣地說：

「啊，我不打算去看她了，謝謝黃小姐幫忙照顧她，我很感謝！」

「那沒有什麼，我正發愁她一個人航海太寂寞，在船上又不方便，有你作伴那是再好也沒有了。」

「她和你在一起，我也很放心的。不過她人小，孩子氣很重，有什麼不禮貌之處，還得請黃小姐隨時教教她，並且原諒她。」

「啊，我很歡喜她的。」她忽然奇峯突出地說：「她跟我住在一起你可以完全放心，如果船上有什麼事情發生，我會照顧她安全的。」

王大副差一點臉上變了顏色，但是他強自鎮定住了。他只好說：

「謝謝你了。黃小姐！」

黃慰玲笑了一下，點點頭進入官廳去了。

王大副幾乎呆住了，他不禁打從心裏緊張起來。他不懂得黃慰玲這幾句話是不是含有特別的意義？說不定她已經注意到他們有所打算，才用這些話警告他。如果他們有什麼行動，那麼首先得顧慮他侄女兒的安全。他覺得黃慰玲這一着棋子很厲害，使他不禁後悔不該讓她們兩個人住在一起了。

但是，他這時又不能去把小侄女兒從她房中搬出來。船上已經住滿了，找不到另外地方可住。而且這時候去搬家，那太使對方疑心了，他不能因爲這點小動作破壞了大計劃。他相信他在必要時可以先設法把她弄出來，不讓黃慰玲扣留她作爲人質的。只是他不能不爲這而多躭一些心思，和必要時多付出一些力量了。而且，尤其是對一切行動都要特別當心了。

他拖着沉重的脚步走開，到了舷邊，他倚着欄杆，沉思起來。

許二副仍然站在駕駛室裏，靜靜地，沒有說一句話。他環顧四週，一片寂靜，只有主機聲隆隆地轉動着。一切都顯得十分安靜平和，但是，誰知道在這寧靜中藏着些什麼呢？就像他似的，雖然他安靜地站着，沒有說一句話，誰知道他心裏却是澎湃激盪，沒有一刻安靜呢？

大副和小張囘到艙裏去後，甲板上除了月光之外，再沒有什麼了。他的一顆心，又從現實轉到了囘憶中去。他想到了三年前，和麗莎第三次見面。

那是在上海，也是最後一次和她見面。

三年前，海星號承運了一批糧食，由澳洲雪梨航行到上海去。這是他們第一次航行到鐵幕以內的地方。

當時，本來大家都拒絕這一次航行的。但是，大家遠在澳洲，無法隨便離船。第二，他們承運的是澳洲賣給中共的小麥，是爲搶救大陸饑荒之用的，幾乎所有當時在澳洲的中立國船隻，都參加了這次航運。第三，船公司得到默契，中共保證所有船員都安全離開上海，不加任何的留難。有了這幾個因素，海星號終於參加這一次航運了。

而許正溫還有另一個理由，他要利用這僅有的一次機會，設法到上海去找尋麗莎。他明知道希望非常渺茫，但是，人都是不到黃河心不甘的。

而且，他並不是完全盲目去碰機會，他已經有了一個線索。那是他這一次從香港遠航澳洲時，最後一次到麗莎寓所去。一年的租約已屆滿，他沒有必要再留下那公寓。於是，他去清理了麗莎的東西，把它們交給房東太太保存。在清理的時候，他無意中找到了一封信，是由上海寄給麗莎的。他展讀了那封信，發信時間還是在一年以前，是麗莎的弟弟寫給她的。信上說：他將往青海去參加墾殖工作，希望她能經常寄錢給母親。那封信上有她家的地址，是在上海北四川路底多倫路。

他保存了那封信，也記下了那地址。這也是他決定隨船跑一趟上海的主要原因。

但是，到了上海之後，他失望了。所有船員都不准進入市區內去，只有碼頭附近有一個專門招待海員的俱樂部可以供他們坐一坐。市內有些熱鬧地區和娛樂場所，一定要集體由指派的陪同人員領導前往。當然，那些領導的陪同人員，也就是監視他們的人員。

一直到他們快要卸完貨了，許正溫仍然找不到機會去找尋麗莎。他又不能隨便託人去找，那會反而替他們惹出麻煩來的。

因此，他只有坐在俱樂部裏，借酒澆愁了。

離開上海的前一天夜裏，他在俱樂部吃了晚飯，一個人坐在那裏發呆的時候，忽然小張跑來找他了。

小張坐在他旁邊，努力裝出一付平靜的樣子出來。但是，顧然他很緊張，他壓低了聲音說：

「二副，你有麻煩了。」

「啊，」他驚異地望着小張，但是小張示意他禁聲，他趕緊也壓低了聲音說：「我有什麼麻煩？」

「今天船上有兩個船員上岸以後，過了時間還沒有回船來。剛才又來了一輛警車，指名要請船上兩個人去警局問話，第一個提到的就是你。」

「還有一個呢？」

小張說了另一個船員的名字，他接着說：

「他們找到他後，立刻上了手銬，拉入警車去了。大副知道你在這兒，一面讓他們在船上搜查，一面派我來通知你，要你先躲一下，然後再在深夜裏設法偷偷回來。他說你知道有一個上船的辦法。」

他頓時感到十分徬徨。上海雖大，但對他幾乎完全是陌生的。雖然他有一些熟人在上海，但是他們都知道他過去的身份，他們也不敢收留他的。他能到那裏去躲呢？

這時候，小張又催促地說：

「二副，你一定要躲一下，我聽到他們說你是過去政府海軍軍官，這一次是派你來刺探情報的，如果讓他們捉到了你……」

「小張，」他下了決心，打斷他的話說：「你能不能替我找到一輛可以相信的計程車？」

「如果給他們多一點錢，他們可以載到指定的地方，而且守秘密。我們有人試過……」

「好，你在外面設法替我叫好一輛車，我過幾分鐘趁別人不注意時蹓出來。」

他說着，塞了幾張票子在小張手中，小張四下張望了一下，安慰地說：

「我找到車就停在對面街角等你。二副可以放心，他們最歡喜的就是港幣和美鈔。」

小張走後幾分鐘，許正溫趁沒有人注意時，他先蹓到厠所去，然後從旁邊的門出去到了街上，幸而天氣很冷，又在飄着細雨，街上人很少，他把帽子脫下，翻上大衣領子，別人就看不出他是海員了。

他在小張的招呼下上了一輛計程車，他悄悄地說：

「多倫路！」

那司機沒有問，點點頭，就把車開走了。

從黃埔江邊，經過北四川路到多倫路，這一段路不算太遠，但是他却有渡時若年之感。他相信，這是他唯一的機會了。一個人落在水中時，連細弱的水草也要嘗試着去抓一下。那總是一個希望，誰知道自己找的也許是大樹呢。這是他這時的想法，他想去找麗莎。那多倫路不長，半數以上是公寓住宅。他到了路口之後，就吩咐司機停車，自己步行去找，司機也是提心吊膽地完成了這筆交易，趕快開着車走了。

他冒着細雨，獨自走過這一條靜靜的街道。他此刻唯一希望的是奇蹟，讓他能看到麗莎。

他終於找到麗莎的家了。眞像溺水的人抓到了一棵大樹似的，開門的就是麗莎。

他的第一個印象是她消瘦了不少。但是麗莎看到他第一個反應却是大驚失色，緊張得幾乎站不住，得抓住門框穩定身軀。

他輕輕地，充滿感情地叫了一聲：

「麗莎！」

她沒有回答，却仔細地看了街上一眼，然後迅速地把他拖進房內，鎖上了門。她喘息着，第一句話就問：

「沒有人看見你到這裏來吧？」

「沒有，」他說：「麗莎，我有困難，我是來找你幫忙的。」

她沒有回答他的請求，她反問：

「你怎麼到上海來的？」

「爲了找你，」他說：「可是，我出了麻煩。」

「麻煩？」

他把來上海的原因和目前他的情形簡單地說了，最後他說：

「麗莎，你能幫我的忙嗎？」

「你暫時要躱在我這裏麼？」

「也許要幾個鐘頭，到下半夜還要找一輛車，設法送我到碼頭附近去。」

「有人知道你到我這裏來麼？」

「沒有，誰也不知道我來找你。」

麗莎沉默了，她沒有回答他是否可以躱一躱，他也看不出她的反應來。

過了一會，她忽然抬起頭問：

「你很有自信，你確信我能幫你忙麼？」

「爲什麼不？」他說：「我只躭心是否能看到你。我愛你，並沒有因爲分開一年就變了，我相信你也會像從前那樣愛我的，我有這份信心。」

「你到上海幾天了，你沒有託人打聽過我麼？」

「我找不到可以信賴的人，我不願你因我而受累。」

「那麼，現在呢？」

許正溫感到麗莎的語氣有些使他失望，她不像他心目中的從前在香港時的她了。他也改變了語氣說：

「當然，你並沒有這份義務一定要幫助我，我不能勉强你。」

「如果我出賣了你呢？你難道不知道我的身份？」

他怔了一下，接着歎息一聲說：

「麗莎，我沒有理由勉强你作什麼，但是我並不後悔來看你。不管你怎麼樣對我，我都不會改變對你的看法。」

麗莎突然打斷了他的話，她說：

「你是說，無論我對你作了什麼，你還是愛我嗎？」

他肯定地點點頭。

她站了起來，他忽然看到她眼睛中流過一份含情脈脈醉人的光芒。但是一瞬間後，那光芒消失了。她說：

「你在這裏等我，我出去一下，半小時後囘來。」

她不等到他囘答，就站起來，穿上一件厚厚的棉大衣出去了。

他坐下來，不安地等待着。

他從熱水瓶中倒了一杯水，喝了幾口。他拿出香烟來，可是在點火之前，他又收了起來。他注意到茶几上沒有烟缸。

房屋中，似乎沒有另外的人，他只知道她有一個媽媽在家、但是也沒有見到出來。他沒有走到另外的房間去，只是坐在一把破舊的沙發中等着。

三十分鐘簡直像一年似的那麼長。每一分一秒鐘他都好像覺得她會帶着警察來抓他了。

終於，她回來了，仍然是一個人。她脫了大衣，坐下來。他望着她，沒有開口。

「你也不問我到那裏去了？」她突然問。

「我不必問，我相信你。」他說。

「你不躭心我帶人來抓你麼？」

「我當然躭心，但是，我既然已經決定把自己交給你，我就毋需再有什麼選擇了。」

她的眼內又閃動了一下奇異的光芒，她說：

「你是不是覺得我和從前在香港變得不一樣了？」

「這個世界倒是一直在變，不過，儘管這地方變得天翻地覆，但是在我心目中，我覺得你一點也沒有變了」

「眞的麼？」她聲音中顯得有點顫動。

「其實這個世界也沒有變，只是它被雲霧遮住了。一旦陽光出來，一切又會呈現在光明中的。」

麗莎望了他一眼，他覺得她眼中似乎含得有淚光。他忽然覺得心中一陣激動。他過去緊緊地抱着她，接着深深地吻着她。

她沒有抗拒，後來也緊緊地抱着他，回吻着他。

但是，她終於推開了他，對他冷冷地說：

「我們的一切都已經過去了，不過，我答應你，我送你到碼頭附近去。但是那附近已經被人民警察包圍了，我無法保證你安全上船。」

「不要緊，只要到黃埔江邊，我就有辦法了。」

「此外，我有一個條件，不管你成功失敗，不能向任何人提起我。」

「當然，麗莎，可是你能告訴我爲什麼嗎？」

「你不必知道，你只需要答應就行了。」

他突然明白了，她是共黨政權的工作人員，她害怕被他牽連，她必需關心自己的安全。他點頭說：

「我答應，我也懂了，你爲我冒了很大的險，本來你可以把我送到『人民監獄』去，我也不會怪你的。」

「不要說了。」她冷漠地說：「我們不談彼此的立場。你相信我，對我沒有絲毫保留，你還把我當成從前的麗莎。這是我答應幫助你的主要原因。還有，從前你救過我的命，我欠你的情，我一定要還淸這一筆情。你懂嗎？」

他望着她，他不爲她這份冷漠的話所影響。他說：

「麗莎，我會懂。不過我還懂得的是你仍然愛我，這對我比任何事都重要。我只要能夠看到你，不管是否能够安全離開上海，我已經十分滿足了。我只想讓你知道一件事，一年來，我沒有一時一刻忘記你……」

「不要說了。」她頓足說。

可是，她已經掩飾不住自己的感情激動了，她的冷漠的堤防已經崩潰了，她不禁掩面哭了起來。

他再度抱住她，她溫馴地倒在他的懷中，任憑他吻着她，愛撫着她。

這代表着說盡了無盡的相思，說盡了無數的誓言。這是生命與愛情的高潮，每一瞬間都成了永恆。

然後，他向她說了許多別後的情形。她忽然問：

「你怎麼知道我地址呢？是房東太太告訴你的麼？」

「她沒有告訴我，她根本不知道你的地址。是我偶然在你房裏找到你一封一年多前的信，那上面有這裏的地址，我就把它記下來了。」

「不可能，」她搖搖頭說：「我所有的信都是看完就燒了的。」

「可是我的確是從信上看到的，是你弟弟寫給你的，他說他就要到青海去了。信上還提到你母親——啊，伯母呢？我能見見她麼？」

她搖搖頭，眼睛望着虛空說：

「她死了，是在我回來之後一個多月死的。」

「啊，眞不幸！」

這時候，沉寂的街上突然響了一聲短促的喇叭。

她突然推開他起來，低聲說：

「穿好衣服，我送你走。」

上車以前，她恢復了原有的冷漠的神情，對他說：

「記住我的條件，只當這一次我們沒有見過，我們兩人彼此誰也不欠誰的了。」

他來不及回答，她已經把他推上了車，她跟着也上了車，坐在他的旁邊。

車開了，他緊緊地握住她的手，她好像沒有什麼反應。但是，她也沒有抽回她的手。

很快地，車到了黃埔江邊。司機找了一個僻靜的地方停了車。那裏離開船還有一百碼左右，看得見碼頭上燈光明亮，人影幢幢。

麗莎忽然一改冷漠的態度，低聲地問：

「我只能送你到這裏了，你怎麼上船呢？」

他指指馬路下面的江水說：

「我從這裏下去，沿岸游泳到船邊去，然後繞到外面一舷去，我的夥伴會接我上船的，我們有辦法連絡。」

「好好當心。」

「我會的，再見。」

她緊緊地握了一下他的手，他拉開車門，下了車，那車立刻開走了。

許正溫深深地歎了口氣。然後他毫不遲疑地下了水，藉着馬路的掩護，向船邊游過去。水冷得像冰，他幾乎一下水就凍僵了。但是，他忍耐着。咬着牙支持着。

終於，他游到船的外舷了。

他抬起頭來望，船舷很高，上面靜靜地。但是，靠船尾不遠處救生艇的下面却垂下了一根纜繩，低達水面。他游過去握住了那根繩子，拉了幾下。

很快地，有人在上面拉動那繩子了。他趕快把拴好的繩套套入腰間，用手握着繩子，緩緩地在救生艇的陰影遮蔭下升到救生艇旁邊停住了。

他用力一翻身，上了救生艇，鑽入帆布蓬中。

救生艇中沒有人，但已經準備了乾淨衣服，被蓋，還有一半瓶酒。

他安心地換了乾衣服，喝了兩口酒，然後鑽到厚厚的棉被中去睡覺了。

這本來是船員們發明的辦法，他們遲歸，用這個辦法躲過梯口值更人員的登記。後來被王大副發覺了。想不到這一次却用這法子救了他。

休息了一會後，王大副敲着甲板叫起他，他聽得出那是平安信號，於是他上了船。大副把他帶下艙，讓他進了一個秘密的夾壁內。同時告訴他，老船長向英國領事館提出了嚴重抗議，領事親自到船上來，才把那些警察弄走。但是他們仍舊等在碼頭上等着他回船。同時抓走的和失踪的船員都沒有下落。所以他必留在艙壁中，等到船到了公海上時才能够出來。

這樣，十二小時後，他才安全脫險了。

從此後，他再沒有聽到過麗莎的消息，他沒有告訴夥伴們他是怎麼脫險的，他也不敢寫信給她，恐怕會使她遭致不幸。但是，人生何處不相逢，誰知道又在船上見面了呢？

可是，這一次，他們的立場完全不一樣了。她是替共黨工作，如果她對他防備的話，那會對他很不利的。這船上，除了老船長而外，只有她知道他的過去，知道他曾經是政府的海軍軍官。她可能派人注意他，監視他。他覺得自己必須處處謹愼小心了。

他深信自己仍然深深地愛着她，可是，他還能確定她會愛着他嗎？他不能冒險，而且，這不是他一個人的問題，這關係着一艘船和船上所有船員的共同問題。

正當他沉思時，艙下傳來了一陣喧嘩的聲音。在寂靜中，這聲音特別刺耳。他聽得見是吵架的聲音，但不像是一兩個人，而是許多人在一齊吵鬧。

他終於聽出了一個是水手頭目張阿四的聲音，那是一個大個子，脾氣暴燥得像一團火。另一個聲音很陌生，但他相信可能是胡經理，他的洪亮的湖北口音很容易使人有印象。可是，他們兩人爲什麼會在深夜裏吵起來呢？而且，還不止兩個人吵，其中還夾雜得有其他人的聲音。

他對這場吵鬧頗有興趣，當然船上這種事情大副會去處理，不關他的事。但是他覺得這是一她個好機會，他正需要抓住機會。

他匆匆地把工作交代了一下，立刻出了駕駛室，沿着扶梯跑了下去。

愈到艙面，聽得出下面的聲音更大，吵得更厲害了。他繞過官廳，再沿舷梯下到了中甲板。

五

中甲板上，擠着一大羣人。有船上的水手，也有一些不三不四的「同志」們。這些人都在擠着，想擠進餐廳去。可是，餐廳裏已經擠了許多人，門口有兩個「同志」堵着，不讓外面的人進去。這樣一來，甲板上吵得更兇了。

餐廳裏面也亚不安靜，外面的人都是聽到裏面吵鬧才趕來看熱鬧的。

在餐廳裏的一張餐棹上，圍着棹子坐了六七個人，還有一些人站在旁邊。也和外面甲板上一樣，有船上的水手，也有外面的人。他們在裏面成了兩個陣線：一起是以水手頭目張阿四爲首的水手。另一起是以胖胖的胡經理爲首的中共國營輪船公司的人。

他們爭論的是發放工資的問題。

開始，是張阿四在賭牌九的時候，手風奇壞，把在香港開船前發的薪水錢完全輸光了。莊家見好就收，不肯再推。他着急了，於是另外幾個也同樣輸光了的水手便慫恿他去找胡經理要支薪水。因爲胡經理在開船時向他們保證過了，一開船便可以發錢給大家的。

睡得像一條猪似的胡經理被他們吵醒了很不開心。先推着第二天上午再發，代表們不肯。然後是發放數量和發放幣制折算的問題，始終不得解決。於是他們雙方從胡經理的住艙鬧到餐廳裏來了。

張阿四坐在那裏，怒氣冲冲地像一頭牯牛。本來他們幾個代表的理由並不充足，總沒有半夜三更要人家發薪水的道理。但是有幾個水手慫恿他發脾氣，一發脾氣沒有理也變成理直氣壯了。他的脾氣本來就暴燥得像一團火，人家惹了他準是討苦頭吃。這時候，如果不是另外幾個人希望拿到錢，不願意鬧翻，在旁邊不斷勸解他耐心一點的話，他早就會把毛茸茸的拳頭送到經理同志胖胖的下顎上去了。那經理雖然胖，但却是不堪一擊的。

「欺騙！」張阿四連連搥着長檯說：「簡直完全是欺騙！我們今天非弄淸楚不可。」

胡經理的睡意早已完全沒有了，他帶笑不笑地望着對方。起初，他很躭心那暴怒的水手會把拳頭送到他的臉上來。不過後來情勢逐漸對他有利，「同志」們都趕來了，他身後就站得有兩名，他知道他們腰裏都撳得有「硬傢伙」。那足以鎭壓住對方不敢動手。但是，他仍然小心翼翼地對付，他害怕先吃眼前虧。

黃小姐也來了，她坐在他旁邊，笑眯眯地坐着，簡直不動聲色。這也使得胡經理不好意思太緊張了。

「這位同志，呃——張同志。」胡經理慢條斯理地打着湖北官腔說：「你這話裏的思想有問題。」

「我只管要薪水，以前是開船以前發清的，這次只發一半，另外一半說好了開船就發的。我可不管你們什麼思想不思想的。」

「對，我們要錢！」旁邊的水手們打着氣說。

「安靜些，你們總是懂道理的吧？」

這句話又使得水手們鬨起來，外面甲板上也跟着喧嚷起來了。

「靜下來。」張阿四揮手叫着。

大家都很聽他的話，果然裏面外面都一齊安靜了。

「對頭，張同志，你說說道理吧。」

「好，」張阿四說：「我們講理就大家講理，我們的希望很簡單：第一，開船以前發薪水，這是一向的規矩，這一次你們推說銀行提錢沒趕得及，改成開船後再發一半，這是你們自己說的。」

「不錯——」

「第二：我們一向拿港幣，我們仍然要發港幣，不要什麼鬼人民幣！」

「對，」大家都應着，「我們要港幣。」

胡經理好像很不願意消耗精神，連說話多了都覺得損失了什麼的。他把手一陣亂搖，讓大家安靜了說：

「不要吵行不行？不錯，我們說了，開船以後發錢，但是開船以後就天黑了，我們沒聽說過半夜三更發錢……」

四面又閧動起來。張阿四用拳頭捶着棹子說：

「不要吵，聽他說下去。」

「講理就好辦！這一點我現在願意通融，馬上就按名冊發錢給你們。但是我不能給你們港幣，因爲這條船從開船時起，已經是『中華人民共和國』的財產了。各位也和我一樣，都是爲『中華人民共和國』服務了。這樣我們當然要拿人民幣發薪水，我們願意照各位過去的薪水數目，折付人民幣已經是十分優厚了……」

「不行，他騙人！」

「打死那胖子！」

「…………」

四面又鬨動起來了，情勢愈來愈緊，簡直到了爆發的邊緣，大家七嘴八舌吵成了一團。

這時候，許二副從管茶水的小厨房擠了進來。他暫時不想參加這一場愈趨熾烈的吵鬧，他只是靜靜地站着作壁上觀。他希望找到一個有利的機會來到，他再進去說話。不過他也奇怪，爲什麼王大副還不來呢？難道他有意讓水手們先鬧出風波來以後他再出面收拾麼？

不過，他沒有時間想那些，眼前的戲已經能吸引住他的全部精神了。他站在黑暗中，正面對着胡經理坐的方向，幾個人的表情他都看得十分清楚。胖子經理滿腹不耐煩，一臉都是無可奈何的神情。黃小姐仍然是莫測高深的笑着，沒有一點表示。坐在他們對面的張阿四像一隻點着火的爆竹，只待藥線一燒完就要爆炸了。他知道馬上會有好戲演出的，保證會不使他失望。

果然，四週才安靜下來，坐在張阿四旁邊的一個瘦瘦的水手說話了。他很精明，善於出各種壞主意。他和管電訊的小胡，加上小張是三個很好的搭擋，他自稱諸葛亮，但是船上的水手都叫他臭皮匠。

臭皮匠好整以暇地，胸有成竹地說：

「好的，我們想請問胡經理，這一條船是掛的那一國的國旗？」

「這個——」胡經理翻翻眼珠說：「你們管不着。」

「我倒認爲我們應該管，」臭皮匠得意地自認爲已經抓住了要點，他接下去說：「請問，如果這條船沒有掛上你們的國旗，如何能證明這條船已經轉讓給你們了呢？」

四面起了一陣掌聲，臭皮匠搖頭幌腦地簡直不知道怎麼得意了。

但是，胡經理接着說：

「這一點很容易向你們證明的，至於掛那一個國家的國旗是我們的事情，正如像開到什麼地方不必要你們過問一樣。」

「那麼，請你先拿證明給我們看吧。」

「好的，我們現在派人去請朱政委下來，他會拿出證明來讓大家滿意的。」胡經理似乎想打呵欠，他趕快用手掩住嘴說：「只是我希望到了那時候，大家再不要節外生枝了。」

臭皮匠簡直像是把張阿四的「首席代表」位置取而代之了，他圓滑地說：

「當然，假如證明能夠讓我們滿意的話，我們是很好商量的。」

當胡經理剛說完派人去請朱政委時，室內外的人大家都暫時安靜下來了。大家都在等待着這事情的新發展。

許二副仍然在看熱鬧，他奇怪工大副仍然沒有出面。小張也不在，他是任何熱鬧都少不了一份的。三個臭皮匠之一的小胡也在棹子旁邊看熱鬧，可是他忽然臉上變了顏色溜出去了。不過，除了許二副之外，大家都沒有注意到他的行動，大家的注意力都集中到談判上了。這使他奇怪，小張不參加，三個臭皮匠有一個缺席，現在正在重要關頭小胡又跑掉了，他們在搗什麼鬼呢？

胡經理派了一個「同志」去請朱政委，大家都靜靜地等候着，沒有一個人離開，除了小胡而外。終於那位「同志」回來了，他說朱政委暈船，吐了一滿地。他把他推醒了，朱政委說有什麼事情明天再說，這時候他不能下來。

室內外又吵鬧起來了，黃慰玲一直沒有開口說什麼，這時她忽然和胡經理兩人咬着耳朶低聲地商量了幾句話。然後，她站了起來向大家作了一個手式。

果然，她很有魔力，她一站起來，除了臭皮匠低低地吹了一聲口哨而外，大家都安靜下來了。

她戴的一副圓形耳環在電燈光下閃耀，手上的一隻鑲着珍珠的黑色皮包也閃着光。她說：「這一條船的轉讓合同，在開船前兩天就已經簽訂好了。幸好我們帶了一份來，保存在朱政委那裏的，我現在就去取來，交大家過目好了。」

黃慰玲說完，輕盈地轉過了身子，大家自動地爲她讓了一條路出來。她走了出去，有兩位「同志」也像很自然地跟在她的後面走了。

她離開後，水手們開始竊竊私語着。也有人在看着臭皮匠，看他能不能拿出辦法來。

臭皮匠沒有什麼表示，他死命抽着烟。

一會前匆匆跑出去的小胡又回來了，他後面跟着小張。兩個人像是跑完了百米而却落選了的選手，一面喘氣擦汗，垂頭喪氣地。他們兩個人雖然沒有喘氣擦汗，但是都垂頭喪氣地比輸了一百米冠軍還不開心。

當然，這只是許二副注意他們的表情才看得出來，別的人誰也沒去注意他們的。很快地，黃慰玲回來了。臉上仍然帶着謎樣的微笑。不過，當她發現了許二副站在黑暗的角落中時，她向他笑了一下，算是打招呼。那笑容顯得很開朗。

小張這時才看到許二副也在場，他進去對他說：

「二副，你請坐。」

「不，我站在這裏很好。」

「你來替大家主持一下吧。」

「我會的，我們先看看合同吧。」許二副靈機一動說。

這時候，黃慰玲回到了餐桌邊，許二副也走過來。她先望了他一眼，然後從自己手袋裏取出一份文件來，她先交給許二副。二副看了一下，又交給張阿四和臭皮匠看了。小張也湊過來張大了眼看清楚了。

黃慰玲收回文件，她又當衆讀了一遍，這是一個讓渡船隻的合約，條文很簡單，也很清楚。

她讀完了之後，望望大家說：

「這上面有香港政府的簽證，諸位已經看得很清楚，假不了的。同時，史密斯船長也參加了那一次會議，必要時大家可以請他作證明……」

臭皮匠搖搖手，就像手裏有着一把唱戲時用的鵝毛扇子似的。他慢條斯理地說：

「不錯，這合同是眞的，但是我們仍然覺得有些地方值得研究。這上面沒有提船員的問題，譬如說去留問題，待遇問題等等，這些都必需要得到我們同意的。」

臭皮匠的確還有一手，本來已經氣餒了的張阿四，這時候又大聲吼起來說：

「對的，如果在開船以前宣佈，我們可以要求解約到別的船上去；我們是向老輪船公司訂約的，我們並沒有和你們什麼狗屁國營輪船公司訂約。」

「所以囉，」臭皮匠很自然地接上了一句：「我們不必受你們的任何約束。」

胡經理可眞的動了肝火了。他簡直沒有想到這些水手眞會搗亂，這麼難於對付。滿以爲有了合同就可以對付得了的，結果又節外生枝，有新的問題出來了。他急得連話都說不出來，幸好這時候黃慰玲替他解圍了：

「諸位請安靜一點，」她說：「關於這個問題，我們早就有了結論了。我們本來以爲史密斯船長早已向各位宣佈了的。既然他沒有宣佈，那只是手續問題，我們現在就可以辦理的。不過，剛才我請示過朱政委，他認爲方式要變更一下——」

四週又紛紛耳語起來，事情已經愈演變愈複雜，這不止是港幣與人民券的問題，已經牽涉到船隻轉讓和船員簽約的問題了。

黃慰玲抬起手來，理了一下鬢髮，姿態優美之至，她的眼光向周圍掃了一遍，繼續說：

「船公司的規定是以一種『效忠書』代表簽約，每個人願意簽名志願效忠服務，那麼我們就認爲他是正式船員。否則不能算正式船員，這兩種的待遇相差一倍。我們並不勉强各位簽約，不願簽的，到了目的地之後，可以考慮發單程旅費送回香港。朱政委很體念各位海上辛苦，決定仍舊發港幣，我們現在馬上就分發效忠書，填好了之後，就分兩個標準發放薪水。」

張阿四聽黃慰玲說完之後，他立刻爆發地說：

「我們不幹，我絕不填這種賣身契約。」

「我們也不幹！」三個臭皮匠同聲應着說。

室內室外又吵鬧起來了，不過，這時候看得出水手陣營已經有了變化，有人主張不妨看看先效忠書』的內容再說，有人主張不必看，乾脆拒絕。但是，這情形說明大家已不像原來那樣態度一致了。

這一會，許二副突然覺得他對黃慰玲有着說不出的厭惡！他甚至很懊惱自己不該曾經認識過她了。他非常躭心水手們會上他的圈套，他明白這是很陰毒的策略，不成問題地，『效忠書』就是賣身契。只要誰簽了名之後，他便會無條件地受他們的支配了。

他不能讓這情勢如此發展下去，他站了起來說：

「對於這件事情，我想表示一點看法。」

他說話很有效力，大家很快就安靜下來了。他接着說：

「簽效忠書和簽約在船上服務多少有些不同，最好不必太匆忙。我建議這件事應該由船長正式宣佈證實後再作決定，這樣比較妥當些。」

張阿四想說什麼，但是臭皮匠在旁邊拉了他一把，他只好緘默了。

接着臭皮匠站起來說：

「我贊成二副的意思，明天等船長宣佈證實以後，大家再作決定。」

小張和小胡馬上應聲同意，張阿四也大聲說同意。

水手頭目既然已經答應明天再說，大家也沒有新意見，這緊張的場面立卽鬆弛下來了。

但是，黃慰玲却來上了一句：

「那麼今天晚也不要發薪水了？」

「明天還少得了我們的嗎？」臭皮匠接上一句。他準備走開了。

胡經理忍不住站起來就打了一個呵欠。他只要能夠結束這場火爆的場面，不管用什麼方式，他都是高興的。

黃慰玲徐徐地疊好了文件，放入手提袋中，小張和小胡兩人目不轉瞬地望着她。她好像無視於別人注意她似的，她只對二副笑笑，然後陪着胖子經理一塊出去了。

保護他們的「同志」們，也陸陸續續地跟着走了。

張阿四像一隻洩了氣的皮球，站在餐桌邊發楞。還是臭皮匠拉了他一把，他才賭着氣，跟着他離開餐廳。但是他仍然抗議地說：

「剛才你爲什麼不讓我說話？」

「山人自有道理！」臭皮匠賣弄着關子說：「你眞的不懂？」

「我不懂！究竟你和二副搗什麼鬼？」

「二副究竟棋高一着，這叫做緩兵之計。不然的話，一定有人貪圖双薪，只要有一個人簽效忠書，我們就失敗了。」

「但是明天還是要解決這個問題的。」

「老兄，這就是我們的事情了，還有一個晚上的時間，我們可以聯絡幾個可靠的夥伴商量一下，一定能找出對付辦法的。」

張阿四覺得臭皮匠的話有理，他只有悶聲不響地隨着他去安排了。

小張和小胡一道走出餐廳，兩個人還要在一起商量事情。但是，許二副拉住了他們。他低聲說：

「我有幾句話要和你們講。」

兩個人互望了一眼，二副說完後就先走到舷邊去了，他們兩個人也跟了過去。

二副看看四週沒有人，他才低聲地說：

「剛才的事你們已經看得很清楚，鬪爭已經開始了。大家必須團結起來，不然就只有簽效忠書一條路了，你們肯嗎？」

「二副，」小張說：「龜孫子才肯簽的。」

「那麼，我們都記得那一次在上海的事情吧？如果我們隨船到天津去，沒一個人能平安囘來的。」

「二副，你希望我們怎麼辦呢？」

「我們要商量出一個良好的對策出來，你們幾個人先去商量一下，我去找船長向他們提出抗議。但是這樣還不够，有兩件事情希望你們兩個人在今天夜裏辦好。」

「啊？」兩個人同時應着。

「小張，你看見那一份合同了，你想辦法從朱政委那兒偷出來藏在秘密地方，或是交給大副，這東西對我們有很重要用途的。」

兩個人不禁會心地對望了一眼，但是小張不願意把他和大副兩人的秘密說出來，他只好說：

「二副，這恐怕很難呢。」

「你必須盡力辦到，這對我們十分重要。我們不能讓這條船到天津去，但是國軍軍艦在公海上不會抓第三國的船，如果我們有合約證明那就完全不同了。」

這些話，在小張聽來，簡直跟大副對他說完全一樣。他當然也明白這文件是很重要的。他不禁點點頭說：

「二副，我願盡力去辦。」

「小胡，我也有一件事情交代你：我有一本密碼，等一下交給你，我已經擬好了一通電報，去找機會設法發出去，並且隨時報告船位。國軍軍艦收到電報後，他們會回電，而且趕來抓這條船。這件事希望你能夠作到。」

「二副，」小胡認眞地點點頭說：「我會找機會發出去的。」

「還有，等到回電來時送給我。」

「是。」

「好，跟我到房間裏來拿密碼本吧。」

許二副說完，轉身先走了。

小張和小胡兩人對望着，這簡直有些出乎他們兩人意料之外。他們想不到二副居然如此相信他們，簡直使他們反而懷疑到二副的誠意了。

小胡先開口問：

「怎麼辦？」

「你先去把密碼和電報稿拿來，我們可以去找臭皮匠商量去。」

「那麼你呢？」

「我照原來的計劃進行，」小張說：「剛才本來差一點到了手的，可惜他們來找朱政委……」

「我仍然照舊替你巡視，剛才差一點大意出事了。」

「小胡，我相信許二副是眞的和我們站在一起的，他並沒有要我偷了合同交給他。」

「不錯，而且肯把密碼本交給我。」

「關於那密碼和電報，我們最好還是報告大副一下，讓他知道這件事。」

「回頭你去報告好了，我想用密碼和明碼都發報出去那一定收得到的。即使双方面都同時收到，但是這一帶只有國軍的軍艦，他們會先趕到的。」

「好，我送茶水到官廳去，借打掃地板的機會，聽聽他們說什麼。你到二副那裏拿了密碼本就回電訊室去，我們在那裏和臭皮匠碰頭。」

「噓，看誰來了。」

這時候，胡經理困難地爬上了甲板的舷梯，黃慰玲走在他的前面。他們兩個人大概在下面研究什麼事情就誤了一陣子，這時候才爬上來。

小張和小胡悄悄地分開了。

胡經理爬完了舷梯，站在欄杆邊喘喘氣。

「經理同志。」黃慰玲站在他的旁邊，好像調侃地說：「你好像很累了呢。」

「誰發明這種梯子眞該死。我血壓又高，爬樓梯簡直是在受洋罪。」

「所以水手都是瘦個子嘛！」她笑笑說。

胖經理翻了一下小眼睛說：

「你對付這些混蛋水手很有一套，林政委的那個簽效忠書的辦法也不錯。」

「那麼，經理同志，」她高興地說：「我也可以當政委了囉。」

「你當政委？」

「老實告訴你吧，朱政委暈船，吐了一滿地，躺在床上像一個死人，剛才簽效忠書的主意是我出的。怎麼樣？這辦法好不好？」

「啊！」胖經理張大了嘴巴，他說：「朱政委會批評你越權的。而且……」

「我替他解決了困難還不好麼？而且，這是根據辨證法唯物論的觀點，不會錯的。」

「你說是分化他們？」

「第一步分化，然後滲透他們裏面去，只要有人簽效忠書，我們就有了新羣衆，對他進一步的威脅利誘，怕他們這些混蛋不替你賣命麼？」

「不錯，這當然是很好的辦法。」胡經理點點頭，但是他仍然有些心痛地說：「可是，你答應發給港幣給他們，這筆錢不少呢？」

「啊，」黃慰玲笑迷迷地說：「目前最重要的是什麼？是要他們開船到天津呀！然後，那還不簡單，錢放在他們口袋裏跟放在保險櫃裏有什麼不同？只要等船到了天津之後——」

「對，」胖經理用手拍拍腦袋說：「我們第一步規定他們照官價換人民劵，然後用福利基金的名義，每個人再捐獻一筆……」

「那港幣就全部回籠了。」

胖經理眉開眼笑，用手去摸摸黃慰玲的臉，可是她笑着躲開了。他說：

「我沒想到你這麼能幹，這一次幸虧上級派了你來協助我。」

「那麼，」她嗲聲嗲氣地說．「你準備怎麼謝我呢？」

「我私人麼？到了天津，我買一件漂亮大衣送你。」他一面說着，把臉靠過去想在她的臉上親一下。

她向他拋了一個迷人的媚笑，躲開了他說：

「我們快到朱政委那裏去吧，我得把合同趕快送還他，否則他會不放心呢。還有……」

「別談公事了，」胖子把手放在她的背上說。

「經理同志，這是非常重要的，我們必須找朱政委，把簽效忠書的事情，先研究一下，作妥善的安排，不能失敗，一失敗麻煩就大了。」

胖子經理十分不情願地瞪着她．這時候，如果和女秘書打情罵俏他還有興趣，否則即使毛澤東讓位他也不想幹了。但是，女秘書說得很嚴重，他只好跟她走進官廳了。

海上的浪湧一刻比一刻大些了，老航海的水手不用檢查船位，就知道已經接近臺灣海峽的邊緣了。

六

胡經理和黃慰玲兩個人在官廳裏只停留了十分鐘。簡直什麼問題都沒有商量。由於朱政委睡得像一個死人似的，不管發生了天大的事情都對他失去了作用。共產黨員的警覺性和暈船病是十分可笑的矛盾，這不是用他們的敎條能夠克服的。

於是，女秘書只好把那一份合同鄭重地從她的手袋中拿出來，放回朱政委的皮包中去，然後又把皮包塞到他的枕頭下面。這一切，她有意讓胡經理看得淸淸楚楚。可是胡經理却在不斷地打着呵欠，朱政委已經又打起鼾來。而這時，小張一隻手提着開水壺，另一隻手拿着洗地的用具進來了。

胡經理還算是淸醒，他監視着小張洗擦了地上吐的髒東西，一直到整個洗擦乾淨，他都努力使自己維持不閉眼，不打呵欠。

小張無法久留，洗擦完後他只好出去了。

等小張出去之後，胡經理提議明天早上再談關於效忠書的問題。他的意思是，既然船在海上，他們又佈置了相當的實力，可以保證不會發生意外，那麼，也就不在乎半個夜晚了。

其實呢，他是根本一分鐘也不想撐下去了。如果再在官廳裏坐一會，小張又得進來洗第二次地板了。

他們走出官廳後，黃慰玲眼快，她看到一副正從前甲板走過來。大概他是準備走上駕駛臺去。她停住了脚步，對走在前面的胡經理說：

「我想在船邊呼吸一點新鮮空氣，剛才在官廳裏的味道眞不好受。我差點吐了。」

「不錯，」胖子經理衷心地同意點頭說：「那眞不是味道，我也受不了，不過我要回艙去睡覺了。」

「好，明天見！」她說。

後者的答覆是呵欠連聲，嘴裏模模糊糊地說了幾個自己也聽不清楚的字句，然後，搖搖幌幌地走到艙裏去了。

她背靠着舷欄，目不轉瞬地望看走過她面前的許二副。他有些不安，但是，却不得不向她打了一個招呼。

「這時候還在忙嗎？」她顯得很悠閒地問。

「黃小姐，你不是也在忙嗎？」二副不打算跟她談什麼，他話中帶着刺。

但是，她好像不以爲忤，她只是淡淡地笑一笑。

「不錯，我們都是一樣在忙着。」她說：「不過我抽烟的時間還有的，你有火嗎？」

黃慰玲說着，她從手袋拿出一包香烟來，取了一支含在嘴裏。

二副無可如何，只好拿出打火機來替她點燃了。

借着火光，她一面抽燃了烟，一面微笑地看着二副緊綳着的臉。她說：

「新打火機很漂亮，好像不是從前你用的那一隻了。」

二副有着啼笑皆非的感覺。他熄了打火機，不想跟她談什麼，他決定走開。

但是她却不讓他走，她遞了烟過去說：

「抽一支？」

「不！謝謝。」他搖搖頭說。

她把一整包烟都塞在他的手裏，挑戰地說：

「你害怕我？我以爲幹過海軍的人，不會在乎一點火藥味的。」

二副也回瞪了她一眼，他想遲早總是要攤牌的。他不應該躲避她的挑戰。同時也不必再和她捉迷藏，剛才他們已經交過一次手了。

他接過了香烟，自己點了一支抽起來。

「這樣才像一個大男人。」她笑着說。

「對不起，我沒有你那麼大的本事，我不是好演員，我不會演戲。」他回敬地說。

「但是你演戲時，你會認眞的演，對嗎？」她替他接了下去。

「你想得很對，不過我不在乎你們怎麼想。」

「你錯了，我根本不想別人的事。我只是希望知道，我在你所排演的戲裏是一個什麼樣的角色呢？」

他不知道該怎麼答覆，他自覺不長於和女人鬪嘴。他終於說：

「黃小姐，你比我所能想到的還要聰明得多！你能夠適合演許多的角色。」

她笑得十分迷人，嘴裏的烟幾乎一直噴到二副的臉上去，她又逼近一步問：

「那麼，你倒底希望我演什麼樣的角色呢？你的對手還是你的朋友？」

許二副冷冷地說：

「黃小姐，我還記得我們最後一次在上海見面時，你說了一句話，我到現在還記得……」

「啊，你記性眞好，好幾年了呢。我說了什麼？」

「你告訴我：我們不談自己的立場。現在，我認爲這個約定對我們仍然有效。」

「不錯，我也記得的。」她好像怔了一下，但是仍然輕鬆地說：「不過現在我的想法不同了。我們都應該承認一點：戲劇離不開現實，生活離不開政治。有時我也想糊塗一點，但是結果辦不到。」

許二副聽不懂她的意思，那很費解。他不想跟他打啞謎，他揉熄了烟蒂說：

「對不起，我要到駕駛室去定船位了。恕我失陪。」

「再躭誤你兩三分鐘的時間吧，」她攔住他說：「假如你當我是對手，我們不必再談什麼。假如你還認爲我們是朋友，我倒希望聽聽你對我的想法了。我知道你對我很不高興，但是我想知道你究竟不高興到什麼程度？」

他本來打算走開的，可是她這幾句話又使他猶豫起來，使他停住脚步了。他不禁注視着她的臉，她的眼珠在月光和桅燈光芒下閃耀着光，已深又黑。她整個臉龐溶在月光下，顯得很恬靜美麗，和剛才不久前在餐廳中所見到的那一付「女特務」像完全不同了。

這使他不禁回想到從前在香港時見的她，那足以使他魂牽夢縈的往事。

不過，他也明白現在的處境。像一局進行到緊要關頭的棋局，可能因爲一步錯，滿盤便全輸了。他不能不每一步都小心。

他腦中閃過了一個想法，他試探地說：

「你既然看得出，我也不想否認。不過，這不止是我的反應如何的問題。你應該明白船上所有的船員對你們的作法反應很壞，希望你們能夠顧及船員們的情緒。」

可是，他的試探並沒有成功，她笑笑說：

「共產黨只注意一件事情的結果，並不重視人家的情緒。你應該懂這一點。不過，關於我個人，我會謝謝你的忠告。」

「那麼，你們仍然決定要船員們簽效忠書了？」

「啊，」她深深地注視了他一下說：「我們最好不要過問彼此對這件事情的打算吧。事實上，對於未來的的事情如何變化，任何人都不能預知……」

他也深深地歎了一口氣。他說：

「我很笨，我怕不能完全了解你的意思，我也不想確知你對我的想法。但是有一件事我想說：在上海，你曾經救過我的命。那一次要是你不肯幫忙的話，我不會活到今天。今天既然我們又再度見面，不管你怎麼樣，我一定要報答你，我會記得那一筆賬的。」

「你要讓我再欠上你一筆麼？」她笑着問：「我說過，我那樣作正是爲了還你的賬呢。而且，我還記得告訴過你，我們兩人之間賬已經清了。」

他有些悵惘，但是他沒有形諸神色。他說：

「是的，你說過我們之間的賬已經還清了。」

「不過我還記得，那對我們總是一個難忘的記憶，是嗎？」她眼睛中又閃耀着光亮了。

「黃小姐，」他却諷刺了一句：「這份想法和共產黨的教條有矛盾呢。」

「那麼，讓它當成我們兩個人的秘密吧，你能够守秘密嗎？」

「水手們對於告密的人的懲罰有規定的，是大家都不和他講話。從前還要嚴厲些，他們會在半夜裏把他吊在桅桿上。」

她伸伸舌頭。

「好吧，」她低聲說：「我們到現在爲止，剛好交一個平手。現在你去定船位吧。不過我警告你：不要把船開到臺灣去。」

「你們會相信老船長的。」

「共產黨不會相信任何人，但是我私人相信你：不管你是朋友或是對手。」

他淡淡地笑着點點頭。她姍姍地走開了。

他目送着她的背影消失在走道中間的門邊後，他才低低地歎了一口氣，轉過頭來。忽然他聽到從船頂上飄下來口哨聲。他抬頭時，發現有三個水手倚在欄杆邊望着他。他仔細看時，那三個人同時走開了，他來不及看清楚他們是誰。

突然間，他起了一份想法，他不應該和黃慰玲站在這地方談話這麼長久時間的。可能船員們會把他算成她那一幫人的一份子；至少，他們會疑心他，不把他當成自己的人了。

如果這是黃慰玲故意運用的策略，引誘他在這種誰都會注意的地方談話，那麼，他已經上了她的大當，成了一個大笨蛋了。

這份後悔的想法使他很不舒服，但是他已做了，已經無法補救了。他看看腕錶，然後走上駕駛室去。

駕駛室裏的幾個人都沒有講話，大家忙着自己的工作。二副明白剛才吹口哨的可能有他們在內，但是他不想問。即使他問也可能沒有人承認。而且這是不好解釋的事情，他也不想解釋。

他進了駕駛室，在淡淡的電燈光下，羅經盤上閃亮着螢光。舵手沉默地操着舵；一個水手在海圖上用米突尺，圓規和三角板量着，計算着，然後註配下船的位置。

二副走到海圖旁邊看看，船位正確。他翻翻夜令簿，上面紀載着十二點鐘整叫醒船長。不過那還有半個多小時，等到零到四的航行更接交完畢再叫他正好。他決定在那時候，向老頭子報告夜裏發生的事情，並且和他談判。

他定完船位，他覺得在駕駛室裏留不下去。也許是剛才那幾個水手的口哨聲使他煩燥，也許是駕駛室中沉寂的空氣使他窒息，也許是整個大問題使他耽心。他不能確定自己能夠作多少？還有交代給小張小胡的事情，他們又能不能作好？

外面，月亮皎潔，黑暗深沉的海波翻騰着，一望無際。每一秒鐘比前一秒鐘的溫度更低了。使得他不自覺地把衣領拉得更緊一點。

面對着這一份沉寂，他有着一份落寞之感。使他特別耿耿於心的，是他覺得船上的夥伴對他有另眼看待的趨勢。這使他想起找小張小胡兩人交代事情時，他們兩人的吞吞吐吐，猶豫遲疑的神情。由這一點，使他覺得駕駛室的水手們的沉默，也可以解釋是在對他冷淡。這使他很不安。他明白這很重要，在這危急時刻，他不希望夥伴們對他有誤會。

還有，使他煩惱的，是他腦中不時出現的那一個美麗的影子。他揮不去，也抹不掉。他知道那影子的危險性，在他的感覺中，他覺得她比朱政委和胡經理兩人都要厲害些。女人本來就是具有危險性的，而她更是一個最危險的人物。

他覺得自己太孤單，他不願孤單，他要找幫手。他不能甘於認輸，事實上一切都才剛剛開始。當這一個時機來到時，他不能放過；尤其是鬪爭已經展開時，他更不能失敗了。

於是，他交代了一下，再度轉身出了駕駛室，沿着扶梯下去。

電訊室的門半開着，小胡正在聚精會神地坐在發報機前面，檢查着機件，準備發電訊出去。小張的嘴裏吊着一根香烟，歪戴着水手帽，站在電訊室的門口。他好像心不在焉地吹着口哨。當一個穿着「解放裝」的「同志」走過去時，他的口哨就吹得更響些。

他的口哨聲停下來後，小胡問：

「怎麼樣？小張！」

「一條狗過去了。」

「當心一點」
「你準備好了嗎？」小張問。
「準備好了，不過我是早一點來接班的，等到零點通報時間到了，就發報出去。」
「可惜你沒有到下面去看，張阿四召集大家在討論明天的事情。」
「大副呢？」
「他後來也到了，他已經聽吳皮匠詳細報告了。他大發雷霆地說：誰簽名他就送誰下海去向龍王爺効忠。」
「他說話時那一付神情一定相當駭人的。」
「那還用說？」小張笑笑說：「他說，等他下面事情完了之後，他還要去找二副算賬呢。」
「他找二副算賬？算什麼賬？」小胡不解地問。
「我到官廳裏侍候了那一條躺着的猪之後，從裏面出來，到別的地方轉了一圈子，後來發覺二副和那個女秘書兩個人在舷邊說話，我聽到了幾句……」
「他們說什麼？」小胡緊張地問。
「我離他們站的地方遠一點，只聽到了幾句，我覺得很糊塗，他們像是在討論一筆賬目。」
「又是賬目？到底怎麼回事嘛！」

「我也弄不清楚，不過我弄清楚了一樁事：他們兩人不是到船上來以後才認識的，他們兩人從前就認識了。」

「啊，眞的麼？」小胡似乎愈弄愈迷糊了。

「小胡，」小張說：「我已經把二副交代我們兩人的事情告訴了大副。」

「他怎麼說呢？」

「他沒說什麼，只是要我關照你一下，要隨時注意二副的行動，並且向他報告。」

「小張，我覺得我們不應該懷疑二副，即使他和女秘書往返，說不定他是有作用的。我總相信：他不會是那一個路子的人。」

「我也是跟你一樣想法的，不過，今天晚上，二副已經和那女人單獨見了兩次面，不能不使人疑心……」

「這話也說得對。」小胡也有些動搖了。

「總之，」小張好像作結論似的說：「人不可以貌相，這是臭皮匠的口頭禪。我們處處當心一點，那總不會錯的。」

「好，我們不管他了，我們還是作完自己的事情，邊走邊瞧吧。」

小張故意咳嗽一聲，彈彈手中的烟灰說：

「二副來了。」

兩人都沉默下來，顯得有些不太自然的感覺。

一個「同志」和二副從相反的方向走來，兩個人剛好在電訊室的門口遇上了。彼此都有意地朝旁邊讓了一下，然後點點頭走開了。

二副在門口停留下來，他故意提高了嗓子問：

「小張，你還沒有去睡覺？」

「船長吩咐我到了十二點鐘叫起他的。」

「駕駛室會用電話請的。」

「我還得替他送咖啡上去呢。」小張想脫身，他問：「二副，你要喝咖啡嗎？」

「現在不要。」二副看看那「同志」已經走遠了，他才探頭到門內低聲地問：「小胡，怎麼樣？」

「二副，我現在是打替工，到零點才接班。我已經檢查好機件了，等零點例行通報後就發出去。」

「好。」二副再回頭問小張：「你呢？」

「我會送咖啡上去的。」小張含糊地回答，話裏却含得有双關用意。他決定把二副打發開，他說：「二副，剛才大副找你有事。」
「啊，他在那裏？」
「十幾分鐘之前，他在水手艙查艙，現在大概已經回到自己房裏到了。」
「好，我去找他，我也正有事情要跟他談呢。」
二副說完後就走了。當他的背影消失在狹窄的走道上之後，小胡埋怨地說：
「你不該要二副這時候去的，大副的脾氣不好，如果他們兩個人萬一衝突起豈不是糟了？」
小張搖搖頭說：
「我也覺得有點不妥，不過，我總覺得有點信不過二副，好像……」
「我們應該相信他的。自己人不應該起疑心。」
「噓，狗來了。」小張又吹起口哨來。
剛才走過去的那一個「同志」又走了回來，不過他這一次沒有走開，他倚在電訊室不遠處的艙壁上，燃起了一支香烟。
小說胡低聲地告訴小張說：
「你注意外面，我就快開始了。」
完，他戴上了耳機，開始收報。

二副敲開大副的房艙門時，發現大副已經脫了上衣，只穿着一件圓領運動衫。在他的頸子上戴着一條金鍊，一個沉甸甸的金錨掛在毛茸茸的胸口。

「老王，小張說你找過我。」二副說。

大副端詳了他一眼，走過去關上了門。然後說：

「啊，沒有什麼特別事，不過，我想找你談一談。」

「是談今天晚上船上發生的事情麼？」

王大副先點了一下頭，然後他說：

「我還想知道另外一些事情。」

「我恐怕時間不太多，」二副看看手上的錶說：「交更的時候，船長要親自定船位，我得在駕駛室等着他。最好我們先談比較具體的問題，等交完更後再談別的。這樣怎麼樣？」

大副誠懇地望着二副，低聲但很有力地說：

「小許，我們不是外人，一向都是無話不談。但是今天晚上你的一些行動很使我迷惑。我們是朋友，說什麼用不着保留，假如……」

「我懂了，」二副點頭說：「我想你是指我和黃小姐談話的事情。」

「如果我懷疑你，我就不會這樣坦白說出來了，我是覺得你阻止大家簽效忠書，又交代小張小胡特別工作；可是你和黃小姐的關係又好像非常密切，因此，我希望你能够告訴我……」

二副打斷王大副的話，他說得很坦白：

「我以前就認識她，最初她並不是這樣的人。」

「你們兩個人是不是有什麼秘密，她希望你保守那秘密，是不是？」

二副注意地望着大副，他問：

「老王，我猜你已經聽到我和她的談話了？」

「對不起，你知道我並不慣於偷聽壁角，我只是聽到一小部份。我想假如你是我的話，你也會非常關切這件事情吧？」

「老王，我不是怪你不該偷聽，我本來就決定抽時間找你談這件事和另外一些重要問題的。既然你已經聽到了一部份我和她的談話，你也一定清楚我和她各人的立場了吧？」

「小許，我沒有說我不相信你，不過我對你和她早就認識了這一點非常感到興趣呢。」

「老王，你記得四年以前在香港那位歌星麗莎小姐嗎？」小許提醒他說。

王大副突然拍了一下自己的腦袋，他笑了起來說：

「對，你提醒我了。怪不得我看着她時總覺很面熟呢，原來我在香港時聽過她唱過歌的，我特別記得她那一對眼睛十分迷人……」

「她失踪後，我到處都找不着她，後來，我打聽到她在上海，並且找到了她的地址。那一次我們到上海，我碰上麻煩，幸虧她收留我躲了幾小時，又送我到碼頭，救我脫了險。以後我再也沒有聽過她的音信，一直到這一次，無意地又在船上見面了。」

王大副沉默了一陣子，顯然這很出乎他的意外。不過他想想後說：

「小許，你可從來沒有告訴過我你在上海脫險是麗莎救你的。」

「這就是你聽到的我和她說的秘密了，當時她要我保守這樁秘密，我相信是爲了顧慮她的安全。」

「嗯，我明白了，這的確是一筆難算清的賬，更是無法忘記的記憶。」大副說到這裏，停了一下才接着說：「不過，這一次他在船上是一個十分危險的人物，譬如說她提出要大家簽效忠書，分化船員，就是很厲害的主意。」

「我也是這麼想的，她比另外兩個人都危險。我曾經試探地希望她罷手，但是她的態度始終是莫測高深的。」

「小許，我相信你對付得了她的，她也承認了你們交了平手不分勝負呢。」大副半認眞半調侃地說，

「可是我却上她的當了。她故意拉我談話，讓大家看到，無形中使得大家對我不信任了。」

大副拍拍他突出的胸脯說：

「小許，這一點包在我的身上，你放心和她往來，說不定你還會有重大收穫的。」

「我對她一點也沒有信心，」二副搖搖頭說：「女人心，海底針，誰知道她會玩出什麼花樣出來呢？」

「但是有一點因素對你很有利，她愛你。」

「老王，」二副愕然地說：「你是局外人，你憑什麼確定呢？」

「憑在上海時她冒險救你這一點，我可以確定。」

「但是那不同，她欠我的情，現在我們誰也不欠誰的了。」

「我們說在這地方擱着，你邊走着邊瞧吧。」

「老實說，我不相信任何一個共產黨員，說實在話，我眞寧願不認識她。」

王大副拍拍他的肩，鼓勵地說：

「小許，別洩氣，如果我們兩人有一個人洩了氣，我們就可能輸定了。你已經有了成績，你處理簽效忠書的事情的手法非常好，我差點替你喝采了。」

「老王，」二副睜大了眼瞪着他問：「那時候你也在場麼？」

「對了，我想到必要時我再露面。不過我如果是你，我處理的辦法不同，我希望他們吵翻打起來，說不定事情鬧大了反而好辦些。」

二副不太同意大副的想法，不過他不想反對，他說：

「不錯，當然那也是一個辦法，水手們歡喜刺激，照當時的情形而言，假如我不出面，的確可能打起來的。」

「不過還是你這樣的好，像那樣作一定要自己的力量有把握，否則就不可收拾了。」

「最後仍然會那樣的。」二副肯定地說：「我們都不肯讓這條船被他們拿走，剛才我已經同她露骨的談過話了，如果我們失敗了，我除了跳海而外不會走第二條路。不過我相信只要我們大家同心協力幹下去，我們絕不會失敗的。」

「是的，我也這麼相信。」

「老王，水手方面，你會有辦法些，你去組織他們，不管用什麼方法，決不能有一個人簽效忠書。另外我打算進行三項工作，第一是隨時向國軍報告船的行動；第二是設法取得那份合同，海軍扣船時才有根據。最後一點是我想去說服老船長，即使他不贊成我們的計劃，至少也要作到他不阻撓我們的行動。」

「前兩點計劃我們可以說是不謀而合，倒是我就心老頭子那裏你說不通。我可以告訴你，我在開船時，已經設法把這消息送了出去。」

「小張的阿姐？」

「啊，你也注意到了，」大副向他作了一個會心的微笑，然後又沉聲地說：「不過我躭心消息沒送到，二十點那一次通報沒有消息來。」

「小胡會再進行的，我已經把電報和密碼本都交給他了。」

「小許，我很奇怪，你什麼時候藏了一本國軍海軍的密碼本呢？」

「老王，反正我對你什麼秘密也沒有了，除了黃小姐而外，老頭子是這船上唯一知道我過去的一個人。十年以前，我在海軍一艘軍艦上擔任中尉航海官，有一次在浙江沿海戰役中，我服務的船被擊沉了，我落海被大陸漁民救了起來，轉送我到游擊隊去，在他們協助之下，我終於設法逃到了香港。」

「啊，」大副張大了嘴說：「對於我，這倒是一樁大新聞呢。」

「老王，別諷刺我，當大家都在作生死戰鬥的時候，逃下來並不是光榮的事情。我到了香港之後，覺得自己沒臉面回去，後來才考入船公司派到這條船來服務。不久前，我重新和海軍聯絡上了，他們給了這本密碼給我，吩咐我在重要事情發生時作報告，這一次是一次好機會，我決心不放過它了。」

王大副拍着他的肩，誠懇地說：

「對不起，小許，我們過去一直沒有機會深談，我甚至還有許多時候誤解你討好老船長，希望你原諒我。」

「不，老王，我眞的從沒有這樣想過，我覺得大家都對我非常好，尤其是你！」

「好了，這一次得看我們兩個人的了。」

大副爽朗地笑着，二副也高興地笑了。他有了幫手，他不再孤獨了。

這時候，門忽然打開了，兩個人同時吃了一驚。但是很快地就看得出站在門口的是小張，他像是跑得很急，喘着氣。他看到了兩個人的神情，先是遲疑了一下，然後就趕緊說：

「事情很急，我來不及敲門。」

「你說吧，什麼事？」大副着急地問。

「下面出了事情，張阿四和臭皮匠兩個人被四個拿着手槍的人帶到前面艙裏去了。」

兩個人對望了一眼，大副衝動地說：

「他們先下手了，大家痛快地幹一場吧！」

「老王，別衝動！你下去，先弄淸楚事情眞相，首先要他們放人。我去找船長向他們抗議。小張，別忘了你該作的事情。」

三個人分開走，二副匆匆地上了駕駛室，零到四的值更人員開始接更。但是，每個人的心情都和這時海裏一樣，愈來愈動盪了。

七

零點整，老船長到了駕駛室來了。

許二副正好在交班前回到了駕駛室，他在計算航速和定船位。駕駛室中的另外的值更船員都在忙着自己的本位工作。

但是，跟平常不同的，駕駛室中的空氣顯得非常嚴肅緊張，每個人雖然沒有說話，但是心裏都在不安着，等着事情的變化。

每個人都清楚，在整個事情的發展中，老船長的態度將是這件事情的主要關鍵。他的決定將影響着這一條船所有人的命運。無論如何，從中古帆船時代就留下來的傳統觀念，船長一直是船上最權威的人物，是一船之主。每個人都尊敬他，並絕對服從他的命令。這就是許二副必須設法說服他的主要原因。如果老頭子能够站在他們這一邊來，那麼主要的困難就解決了。

老船長在船上向來都不過問有些瑣碎事情，船上的人也都明白他的脾氣，除了對外交涉，和開船而外，對其他事情，都分別由船上各部門自行處理。因此，上半夜船上發生的事情，還沒有人向他報告過。他到駕駛室以後，仍然跟平常一樣檢查船位，沒有問及吵鬧的事情。

他沉默着，在那一張大航海圖上，用鉛筆畫上了一條直線，穿過臺灣海峽南端的兩塊陸地之間，那就是菲律賓和臺灣海峽之間的巴士海峽。

駕駛室中的船員們並沒有表示驚異，他們對於改變航向一點都不感到意外。許二副心裏有數，他不像大副那樣衝動，他相信時間還相當充裕，照航速計算，至快也得二十四小時才能夠通過巴士海峽進入太平洋。如果海軍收到了電報，儘可在航線上派軍艦等着截住這一條船。所以他不贊成大副的方法，他不願自己這一邊的人流血。他決定仍然照原來計劃作，他要設法說服船長。

老船長完成了例行的檢查，他習慣地看看那些航行儀器，這裏摸摸，那裏弄弄，整理了一下他最心愛的那一付老式望遠鏡。然後他對許二副說：

「二副，船交給你了。」

「是，船長，」二副也習慣地回答，「我會好好地照顧她的。不過，我希望躭誤船長幾分鐘，我要報告一件事情。」

「現在？」老船長有些驚異地問。

駕駛室中的船員們也都露出了關切的神情。輪流地望着老船長和二副。

「是的，」二副肯定地說：「很重要的事情。」

「好吧，」老船長點頭說：「到我房裏去。」

兩個人出了駕駛室，下了扶梯，沿着左舷走道到船長室去。

這時候，艙面上一片寂靜，交接更已經完畢。不過，船上的人大半沒有睡，艙底下鬧鬨鬨地。水手們羣情憤慨，他們在等着大副的交涉結果。看情形除非兩個被捕的人立刻釋放，否則一場風暴是免不掉的了。

二副隨着老船長走進船長室以後，他簡略地把船上發生的事情報告了一遍。他報告得很客觀，沒有加入自己的意見進去。最後他說：

「大副正在下面交涉這件事情。大家的要求很簡單，只要保證以後不發生同樣事件，不再在船上逮捕人。還有，他們不會接受寫效忠書的辦法。」

老船長咬着烟斗，不發一言，靜靜地聽許二副對他報告。他的額角深深地現出了皺紋，顯然這些事情使他感到了很大的困擾。

終於他拿下了烟斗，不高與地說：

「我不歡喜船上發生這種事情，我會去找他們放回張阿四兩人。」

「船員們也都不歡喜船上發生這種事情，他們也看不慣那些共產黨人的嘴臉。他們認爲只需要對船長負責，不願向誰效忠。」

「二副，」老船長說：「你該懂得我的脾氣，一直不歡喜捲入政治漩渦中的。」

二副明白船長這兩句話有兩種意義，除了重申自己的立場而外，也在責備他不應該說這種話。但是，他不能緘默，他又接著說。

「船長，這次是漩渦捲了我們，沒有一個船員主動地敢去找麻煩的。我想說：除非是有奇蹟出現，我恐怕有些人或許是這一條船都到不了天津。」

可能是二副說得太直率，也可能這兩句話很肯定，使得老船長有些愕然。他注視着二副問：

「二副，這是大家準備這樣作呢還是只是你像這麼想呢？」

「船長，」二副懇切地說：「船上有這種趨勢，我不能在出事前不先向你報告。我也想向長報告：你可以像以往任何時候那樣相信我，我會尊敬和服從你的意見。」

老船長情緒顯得鬆弛了一些。他問：

「大家已經知道這條船要開到什麼地方去嗎？」

「可能有人知道，但沒有人替他們證實。如果他們都證實了這消息的話，會吵得更兇些。但是，我想他們遲早會知道的。」

「我無意騙他們，」船長說：「我必須對公司負責，這是我對船員保持秘密的理由。如果他們一意孤行，不肯放人，在船上造成了麻煩的話，那是他們自己破壞協定，我會有辦法的。」

老船長沒有說出自己的辦法是什麼，二副也不方便追問，他也覺得不必要追問。他不敢奢望老船長可能站到自己這一邊來，但他希望最低限度要站在中立地位，就這樣便可以鼓勵船員們心理上無所顧忌了。

他有一個最壞的打算，假如海軍不來截這一條船，他們就可以照大副的方式，自動起義，控制住這一條船，把船和物資一起帶到臺灣去。

不過，在他內心中，他有一個想法，他覺得他有義務對老船長先有所交代。不管從情感上，從道義上說來，他都應該如此作。

這時候，他已經得到老船長親口向他保證了。他也達到了事先報告的目的。因此，他點點頭說：

「是，船長，我會把你的意思轉達大家。大家對船長是永遠服從的。」

「好，」老船長顯得對這兩句保證非常順耳，他說：「你還可以直率告訴他們，我決定照合約開船，不准他們破壞我的決定。但我不會出賣船上任何一個人，我一定負責解決這件事情。假如大副向他們交涉沒有結果時，馬上就來告訴我。我等着他。」

「是，船長。」

二副行了禮，退出了船長室。

走道上的寒風使得他把夾克緊緊地裹仕了身軀。他在考慮下一個步驟該怎麼辦？

他想該先了解小胡和小張辦的事情怎麼樣了？這對他們很重要。不管將來事情如何演變，合約拿到手以後，一切都會不同了。

他先到電訊室中去，他在門外首先看到了原來他看見到的那一個「同志」仍然倚在門外不遠的艙壁上，猛抽着香烟。小胡一個人坐在電訊室中，愁眉苦臉地發獃。

一副猜想情形不大順利，但是他仍抱着萬一的希望，走了進去。他問：

「小胡，公司有什麼新的指示沒有？」

「沒有？」小胡會意地搖搖頭回答說：「零時例行報告已經發出，例行天氣報告也已經收到，我抄好送到駕駛室去了。」

「你也照規定報告了船位嗎？」二副語意雙關地說。

小胡的回答使二副很失望。他說：

「我接到了新的命令，從零時十分起，停止對外發出電訊。」

二副下意識地朝門外望了一下，他想着這可能又是黃慰玲出的主意，因對方只有她一個人最危險而且又是清醒着的。他有理由認爲她是一個厲害的對手，他還沒有想出有效的對付辦法。他只好先含糊地說：

「那就照新規定辦好了。有什麼特別的事情隨時報告大副好了。」

「是，二副。」小胡突然低聲急促地說：「電報已經發了一半才停了，恐怕不會有回電來。還有，十五分鐘之前，收到一封電報，是給朱政委私人的，那上面說有一條潛艇明天早上趕來護航了。」

二副呆了一下，他發覺監視的那個「同志」懷疑地走近了門邊。他故意問：

「看到小張沒有？」

小胡聽到了門外的脚步聲，他頭也沒有回，故意提高了聲音說：

「他大概送咖啡到駕駛室去了。二副找他有事嗎？」

「好，我馬上上去，如果你看到了他，要他請大副到船長室報到，船長有事找他。」

「是，二副。」

他從電訊室走出之後，決定不到上面去，他要先找到小張查問結果，然後自己去找大副。這一晚是具有決定性的一晚了，時間不再對他們有利。如果潛艇眞的趕到後，情形會變得更壞。潛艇可能派人過來接收這條船，反抗的船員會被處決或押到潛艇上去。那時老船長也無能爲力，即使國軍軍艦趕來，萬一大意的話，還可能吃虧的。

他開始覺得應該展開行動，大副的辦法是對的。如果先作週密的佈置，在一場衝突後，佔領

「全船，把那些共產黨人們分別解決了。那麼，不必等到國軍的軍艦趕來，這條船便獲得自由了。那時候，卽使潛艇來了，也能有法子騙她上當的。

但是，這樣作的先決條件是必須拿到合同，所以小張的使命更重大了。

他一面想着，轉過左舷甲板，準備進入艙內時，忽然發覺對面有三個人走過來。他發現前面走的是小張，後面跟着兩個陌生人。

二副發覺情形有些不對，他驚異地問：

「小張，你……」

「二副……」小張只說了兩個字，他覺得腰後被什麼東西頂了一下，就不敢再往下說了。

小張身後的一個陌生人往前面跨了一步，站在小張的前面說：

「對不起，二副，朱政委找他去一趟，有事情和他談一談。」

「這也需要勞動兩位來找他嗎？」二副刺了一句說。

「是的，朱政委吩咐說事情很重要。」

二副心裏有數，他知道合同出問題了。否則的話，朱政委不會嚴重得派兩個人來帶小張去的。他安慰地說：

「小張，你放心，我同你一道去。」

「二副，」小張顯得毫不在乎地說：「我當然放心，我又沒犯什麼錯事。」

剛好這時候一個船員走過來，二副攔住他，要他立刻去找大副到官廳來一趟。那船員也看見了這情形，趕緊應了一聲轉身走了。

那兩人已經押着小張先走了，二副趕緊追上去。他需要弄清楚是不是他想像中的事情。而且，有他在，可以保證小張不會吃苦頭。

朱政委本來睡得昏昏沉沉地，什麼藥也對他暈船無法治好的。可是，一封電報來，使得他完全清醒了。

當他看到電報上說有一艘潛艇將在明天上午趕來護航時，他的頭也不暈了，而且不自禁地手舞足蹈起來了。

他從沒有下過海，過去一直在陸地上工作。他從不曾把海軍看在眼裏，在他的觀念中，這種軍種簡直不存在，也根本沒有存在的意義。

可是，這一次他在船上吃了不少苦頭，暈船、嘔吐，都使他受罪不淺，他開始感到海軍不簡單了。這些人不但不暈船，而且還能在作戰時打仗，那很不尋常。他也覺得在船上四顧茫茫，使他覺得十分渺小孤獨。現在有一艘潛艇快趕來了，這對他的精神上是很大的鼓舞。他雖然不知道潛艇究竟有多大？是怎麼樣的船？不過他認爲旣然能够潛水到海底下面去的船，一定是相當了不起的。

所以，這使他興奮得完全淸醒了。

慢慢地，他想起了幾個鐘頭來的一些事情：他彷彿記得黃小姐和胡經理都曾經來看過他，拿走了合同，後來又來送還給他。好像還對他說了些船上水手鬧事的事情。

他的共產黨員的警覺性立刻恢復了，他趕快取出了枕頭下面的公文包，仔細檢查了一遍。裏面所有東西包括他的貨物淸單都沒有動過，只是那一份合同連同外面的一個牛皮紙信封失蹤了。

他立刻起床，把門外的那一個「同志」叫進來，查詢情形。那「同志」證實了合同是黃小姐拿走，後來由她和胡經理兩人送回來的。送回來時，他們還當着他的面把合同放入公文包中，報告了處理水手滋事的情形。那「同志」還記得朱政委說過一句話是：如果水手再聚衆要挾，就把爲首的抓起來等他明天早上起來處理。不過，他也報告了小張曾經來收拾過房間，那是在他監視之下進行的。

朱政委想了一下，他腦子裏那一種「寧肯誤殺一千個無辜，不能放過一個嫌疑犯」的觀念抬頭了。於是，他命令去兩個人把小張逮捕，帶到官廳來。他要親自審問。

等二副趕到官廳時，却嚐到了閉門羹。門外那位「同志」很客氣地說朱政委正在「處理要公」，請他在外面等幾分鐘再進去。

二副只好耐性地等着，他聽得見小張抗議的聲音，偶爾也聽見朱政委低沉而略帶嘶啞的聲音，他可以想見出那一張狡滑虛偽的表情，像一隻陰險的豺狼對付面前的一頭小鹿的神情。

這時候，大副匆匆跑來了。他是得到船員的報告趕來的。小張是他們得力的助手，在水手間穿針引線，不可缺少的。而且他還負擔着偷合同的重大使命，如果他被捕，那對於局勢有很大的不利。因此他比二副還要性急，到了門口就問：

「小許，是怎麼回事？」

「小張給兩個人弄進去了，正在審問他，他們不讓我進去……」

大副沒聽他說完，也沒有他那一份等在門外的耐性，他轉身對站在門口擋着路的「同志」瞪着眼說：

「讓開！」

「對不起，大副！」

王大副沒有費一秒鐘的時間，一把推開了他。那人不防備大副會來這一手，倒退了好幾步才穩住自己，一面伸手掏腰中的手槍。

但是，在這一瞬的時間中，大副已經推開官廳的門進去了。二副也敏捷地跟在他的後面進去，他覺得有些難爲情，也很佩服大副的魄力和果斷。

當大副衝進官廳時，朱政委緊張地抓着床頭的手槍。但他看見是大副和二副時，他沒有拿出手槍來，只是帶着詢問的神情望着他們，看他們下一步的舉動。

大副沒有理會他，一直走到床前面，大聲地說：

「朱先生，我希望你能夠解釋，這是怎麼一回事？」

這時，門外那個「同志」也跟進來了，他誠惶誠恐地向朱政委解釋說：

「政委同志，是他們兩位……」

「不要廢話了，他們兩位來，爲什麼不請進來？」朱政委反而打起官腔說。

「是！」那「同志」滿肚子委屈，只好應了一聲，站在那裏了。

朱政委又擠出一絲假笑望着大副說：

「兩位請坐，有什麼指教。」

「別來這一套假客氣了，」大副仍然怒氣冲冲地說：「我要求解釋小張的事情。你們爲什麼抓他來？」

「什麼？」朱政委裝着糊塗說：「我抓他來？」

「你得弄淸楚，船上的我作主，你們是在這裏作搭客，你無權來抓人的。」

「別急，別急，」朱政委搖着手說：「我這裏出了一樁相當嚴重的事情，我必須找小張來談談。」

「你們把船員抓走了兩名，關在前艙，也是爲了和他們談談嗎？」

朱政委有些不解地抬頭望着大副問：

「什麼？誰抓了你們兩名船員？」

王大副忍無可忍，他正準備大發脾氣的時候，忽然黃慰玲匆匆進來了。

她一定是睡覺以後又爬起來的，臉上沒有化妝，頭髮在腦後紮成一大把，穿着一件長夾大衣。她進來首先和二副的眼光碰上了。她微笑了一下，但是二副却不理會她，把頭轉了過去。

她進來，剛好聽到王大副和朱政委最後兩句話，她立刻接下去說：

「那完全是誤會，朱政委根本不知道那回事，現在我已經通知放人了。」

「那麼現在小張呢？」大副追問一句：「倒底爲什麼把他抓來？」

「抱歉，大副，」朱政委冷漠地說：「這事情很嚴重，我們必須把事情弄淸楚以後，才能讓他走。」

二副比較細心，他明白大副脾氣太急，這不是吵架吵得出結果的事情，而且他心裏有數，一定是小張露出了馬脚，他得想辦法彌補，然後把小張弄走，弄淸楚眞相。於是，他接口說：

「老王，別急，我們會弄淸楚的，我們聽小張說。小張，你自己說倒底是怎麼一回事？」

當大副和朱政委吵着的這段時間中，二副一直在留心在一旁的小張的表情。大槪是有人在旁監視的原故，小張一直沒有什麼舉動。只是有兩次，小張和二副的眼光相遇後，他的眼光立刻轉到官廳一個角落去。二副也跟着望過去，那裏有着一架鋼琴，旁邊還有一個「同志」站着。二副弄不淸楚小張的意思，所以他急於點發問。

小張的回答直捷了當，他說：

「朱政委說，他們有一份什麼合同不見了。」

大副和二副兩人的眼光遇着了，不過很快地便互相讓開去了。二副轉過頭，他又碰着女秘書謎樣的微笑，使得他心頭一震。

朱政委搶着接下去說：

「這幾個鐘頭內，只有小張一個人到我房裏來過的，我必須查明，這是一項重大的陰謀，是國特陰謀集團幹出來的破壞工作的第一步……」

「朱先生，請不要把結論下得太早了，」二副打斷他的話：「小張在船上服務了四五年之久，船長和我們都可以證實他的淸白人品。」

「我們相信的是事實，不是人品，」黃慰玲接了過去說：「這份合同大家都見過，後來是我和胡經理兩人送回來，親手放在公文包裏的。失竊是這半小時以內發生的事情，對於所有嫌疑犯都必需偵查……」

「在這半小時中，」朱政委補充地說：「只有小張一個人到這房中來過的。」

「我沒有拿什麼合同，我進來收拾房間的時候，這位黃小姐也在的。老實說：從前客人的黃金美鈔放在房中，從來沒有丟過……」

「我不管從前，」朱政委冷冷地說：「剛才不久之前，電訊室送電報來叫醒我，我看見你在門口，等我看完了電報，打開公文包就發現合同不見了。」

「那麼，你們要怎麼樣？」小張把雙手一攤說：「請在我身上搜吧。」

「我們沒有肯定說是你拿的，」女秘書笑笑說：「不過如果有人拿了這東西，他一定不會放在口袋裏等別人來搜的，對不對？」

「那也容易證明，」小張說：「我在官廳門口遇到送電報那位同志的，後來他和我還聊了幾句，一起回到艙中，我剛回到艙裏不到一分鐘，也沒有接觸過另外的人，我想那位「同志」可以作證明。如果你們一定不相信我，身上也好，艙裏也好，你們去搜好了。」

大副和二副又交換了一次眼光，他們都想着小張說得理直氣壯，可能他拿了，藏在一個最機密的地方，所以才不怕人家去搜查。這一點使他們很放心。現在他們只要等他們查完後，把小張帶走，那麼一切眞相都會知道了。

但是，二副很快又想着，是不是還會有另外的人拿走了呢？小張說他從官廳一直回到艙裏，沒有和第三者接觸過。如果是他拿走，他一定會去交給大副的。難道這船上還有第三者是有心人麼？

這時候，女秘書走到他們兩人的面前，臉上仍然含着謎樣的微笑，這顯示着她很安靜，比室內任何一個人都要冷靜些。她說：

「二位，我們可以到小張艙裏去搜查一下嗎？」

「好，」大副不假思索地答應着說：「不過我要同你們一道去。」

「老王，船長等你去報告張阿四的事情，你先去一趟，我同他們去看看好了。」二副轉頭望着小張說：「小張，我們走。」

二副說這話是有用意的，他相信這些地方他比大副要精細些。也許說不定這是共產黨的苦肉計，他們看準了小張很重要，才故意地製造事端。那麼，他們說不定會把合同塞在小張房裏再搜出來，那他們就可以名正言順地把小張關起來了。同時，他可以借這個機會，問問小張，究竟這合同是不是被他拿到手了？那只需要小張一個暗示：肯定或否定就明白了。

可是，處理這種事情，共產黨員都有他們一套辦法，而他們在鬪爭工作中總覺得自己要勝過對方一籌。而他們的反應和辦法也的確來得很快。朱政委馬上就接下去說：

「在這件事未結束前，我仍然認爲小張是最有嫌疑的一個人，他現在必須留在官廳裏。」

「可以，」大副點頭說：「但是在搜查完以後，證明他沒有嫌疑的話，就得讓他離開。」

「我們並不願意扣留他的，」朱政委預留退步地說：「黃同志，現在請你帶他們去搜查吧。」

「好的，」女秘書的眼光向室內幾個人的頭上掃了一轉，特別是小張的表情。然後她說：「我們走吧。」

二副實在不想同黃慰玲在一起，但是他既然決定去監視，就不再改變主意了。

黃慰玲，二副，還有兩個「同志」，一起到小張的房艙裏去了。大副也同他們一道離開，到船長室去了。

官廳又冷靜下來，朱政委裝得很安靜地抽着烟，小張坐在一把轉椅上，還有一個「同志」在室內走來走去，大家都沒有說話。

那一個「搜查隊」到了小張的房艙，小張是和小胡住在一個艙中的，兩個床舖這時候都是空着的。兩個「同志」搜得很仔細，很徹底，在這一樣工作上，顯出他們是訓練有素的「專家」。

二副站在門口，聚精會神地看着他們搜，特別注意他們會不會設法「栽贓」。黃慰玲仍然顯得最輕鬆，她什麼也不作，只是微笑着看着二副。

一會後，她走到他的身邊，把身體倚在門上笑着說：

「你不認爲這很有趣嗎？」

「也許你可以這麼想，我不認爲找麻煩是有趣。」二副沒有好顏色地說。

「我們來打一次賭好麼？」

「打什麼賭？」

「他們搜不出合同來。」

「這還用得着打賭？」二副瞪她一眼說：「根本沒有什麼東西可搜的。」

「我不是這樣的意思，如果是小張拿的，他不會放在房裏等人來搜；如果根本不是他拿的，這不是在白費精神麼？」

「不錯，有些人的確是願意白費精神。」二副沒好氣地諷刺了一句。

「但是也還有些人在自作聰明地白費精神呢。」

「那些人？」二副不禁問了一句。

「我告訴你吧，他們相信臺灣的軍艦會來抓這一條船，但是他們不能在公海上扣留第三國的船。如果拿到了合同，他們就能確定這條船是『中華人民共和國』的財產，那麼就可以振振有詞地加以扣留了。」

「你比他們更聰明，你害怕有人會這麼作，所以才不准電訊室發電出去，是不是？」

二副勉强回答了這兩句，也是在試探她的反應。不過，他不能不衷心地佩服黃慰玲的聰明。也承認她是一個十分厲害的對手。

可是，黃慰玲不答覆他這個問題，她只笑笑說：

「朱政委比我還要聰明一些，他扣住小張不放，是因爲他相信現在只有小張一個人知道那份合同在那裏，最好的辦法是不讓小張把這份秘密告訴別人。」

「我們已經講好了查不到東西就要放人，他有什麼理由扣住小張不放呢？」

「啊，」她裝得十分嚴重地說：「不讓一個人說話會比扣留更方便的。」

二副的呼吸變得急促起來，他一直還沒有想着這一狠着，如果事情有變化時，他們會殺了小張滅口，那麼他也永遠找不到合同了。這的確是一個狠毒的主意，可是他不懂爲什麼她肯告訴他呢？他不想讓她知道他在躭憂，他硬着頭皮說：

「你該懂得大副的脾氣，如果小張有什麼三長兩短，他一隻手也可以把你們的政委抛到海中去的。」

「可是我不躭心他，」女秘書一點也不在乎二副的警告，她笑笑說：「他不會像那樣對我的。」

「你很有自信，可是你憑什麼？」

「我麼，憑我現在是他侄女兒的朋友。那小女孩上船以後就暈船，我一直照顧着她，她對我很感謝，我相信大副也會感謝我。你想，大副會對我不客氣嗎？」

二副又覺得自已又失算了，這又是他沒有想到的一着棋。女秘書把大副的侄女作成人質、大副自然不敢對她怎麼樣了。他覺得自已更憎恨黃尉玲，她實在太陰狠了。

他正找不到話可以說的時候，那兩個同志恰好在這時候搜查完了，他們什麼東西都沒有找到，空着手向女秘書報告他們全部查過了。

女秘書却沒有對他們表示什麼，只是點點頭，示意他們先走一下。她等他們出了艙門，她笑着問二副：

「我贏了不是？」

「你贏了什麼？」

「他們什麼都沒有搜到，我已經早料到了。」

「你們整個錯了，」二副堅强地說：「這船上根本就沒有人拿合同。」

「啊，」她笑得十分甜密地說：「這一回，是你很會演戲了。」

二副覺得自己輸了，他不想和她再說下去，只是望了她一眼，然後作了一個手式，讓她先走了。

他雖然不願意和她打交道，可是他却不能不跟着她到官廳去，因爲房艙已經搜查過了，但小張還沒有放掉，他必需親自帶他出來，查問結果。

他剛剛準備跟在她後面走時，忽然一個船員跑來叫住了他說：

「二副，船長請你馬上去一趟。」

「等一會不行麼？」

「我不知道，」那船員說：「不過大副也在船長室等着的。」

二副只好點點頭，趕上兩步對黃慰玲說：

「黃小姐，很不巧船長有急事找我。我頂多五分鐘以後到官廳來帶小張走。」

「在你沒有來之前，放心把他交給我麼？」她故意笑了一下問着。

「我有什麼不放心的？」

「你相信我不會把他……」

「我相信你是一位最危險的對手。」二副深刻地說：「但是我相信你不會拿小張和王小妹這種小孩子作對手的。」

「啊，」她笑得很響地說：「這是我聽到的最奇特的恭維話呢。我等着你，唐吉訶德。」

二副不再理會她，趕緊走開了。

八

黃慰琦帶着兩位「同志」回到官廳，朱政委半躺在床上抽着雪茄烟，小張顯得胸有成竹地坐在椅上，把兩隻手放在腦後，望着天花板出神。人家都沉默着，等待着他們搜查艙裏的結果。

可是，這結果對於朱政委來說非常不圓滿。女秘書走進了官廳，首先帶給他一瓢涼水，她對滿懷希望的老幹部搖搖頭。

老幹部失望的表情可以從他的臉看得出來，不過他仍不死心，强自鎮定地問：

「黃同志，怎麼樣？」

「那文件不在艙裏。」她再搖搖頭說。

「根本你們在白費氣力，」小張這時才坐直了身體，插嘴說：「根本我就不曉得什麼文件不文件的。」

朱政委陰狠地望了小張一眼，他冷冷地說：

「不久你就會曉得的了。」

「我要去睡覺了，我走了。」小張站了起來說。

「你等着，」老幹部繼續用那種眼光盯在小張的臉上說：「你想得倒很不錯。不過我已經說過了，在這件事情沒有結束之前，你必須留在這裏。」

「可是你們已經到我住艙裏去搜查過了，這證明跟我毫不相干，我還留在這裏幹什麼？」

「不錯，文件還沒有找到。但是是否和你相干，這還不能證明。」

「如果你們永遠找不到呢？那我也要等在這裏麼？」

「這不要你耽心！」老幹部露出了猙獰的面目，向小張攤牌了。他繼續說：「我老實告訴你，你偷了文件也是白費了氣力。我不會讓你走出這間房，你沒有辦法把文件交給第三人，也不能轉告第三人。你現在最好的方法是自動地把文件還給我，我們對於能改過自新的人絕對寬大。否則的話——」老幹部彈彈雪茄烟灰，惡毒地說：「你別想活着走出這間房子。」

小張倒是被他的神情唬住了，他在奇怪大副和二副爲什麼沒有來？他明白這時候僅僅只有他單獨在這裏，如果他倔强，或者一定要堅持出去，那一定會激怒對方，而首先該他吃虧。於是他見風轉舵地說：

「好的，我等着吧。」

女秘書好像慣於做好做歹，這時她臉上又露出了謎樣的笑容，走到小張附近，在另一把椅子裏坐下來，望着小張溫和地說：

「我們用不着這麼緊張，有事情人家可以好好坐下來談談的。」

「黃小姐，」小張也鬆弛了地說：「我們作下人的一切都是聽客人的吩咐，主要是要使客人滿意。但是，我的確沒有拿什麼合同，更就不了偷東西的名聲」

「其實我們沒有確定這東西是你拿的，」女秘書顯得十分圓滑，她一點也不着急，唱做俱佳地說：「不過，我想或許你可以幫幫我們的忙。」

「黃小姐，只要我能作到的，請你吩咐好了。」

「我可以告訴你，那份合同只是一張副本，沒有簽證，別人拿到手裏也沒有什麼用處，不過我相信那拿它的人可能是另有作用……」

「黃小姐，我不懂合同還有什麼作用。」

「我的判斷是這麼一回事，」她說：「船上可能有少數幾個人不願意簽效忠書，才想出的這個主意。他們以爲偷走合同後，我們不能證明這條船的主權，他們就可以鼓動大家不簽效忠書了。其實，他們的想法太天眞，可以證明這條船的主權的證據很多，根本不須那一份副本，你相信嗎？」

小張裝着相信地點點頭，但是他接着問：

「那麼，丟掉了不就算了嗎？」

「那又是另外一回事了，」女秘書鼓起如簧之舌說：「主要的是我們不容許船上有這種事情發生。」

「船上的規矩非常嚴格，更不准許這種事情發生的，只要有一次偷竊紀錄就要被開除的。」小張回答說。

「所以我說要請你幫忙了，」女秘書點頭笑笑說：「朱政委的意思是前兩個鐘頭內只有你進來過的，所以疑心到你的頭上來。我想說不定也許有另外的人偷偷進來，他沒有發覺，這也不是不可能的。但是他一定是船上的人，這是沒有疑問的。我想你爲了洗刷自己的名譽，也該幫我們找回這一份文件了。同時我也願意代表朱政委作主，只要你幫我們找回這份文件，或者提供線索給我們找到，我們會給你一筆優厚的獎金作爲酬謝。」

「黃小姐，無論客人要我作什麼事情，我都該盡力的，我不敢要求獎金……」

「黃慰玲得意地望了朱政委一眼，她笑了一笑。顯然她認爲自己的話有了相當的效力。朱政委的眼光也像在鼓勵着她把戲演下去。於是她進一步說：

「那好極了，獎金是我們的事，對於有功的人不會抹殺的。不過有一點我要對你說在前面：「如果你知道是誰拿的而你不講出來的話，我們知道了也不會寬恕你的。你懂得這一點嗎？」

「當然，」小張點點頭回答：「知情不報，與盜同罪。這在那裏都是一樣的。」

「那麼，我問你，你現在能够提供一點線索？或是提供一點找回來的方法嗎？」

「啊，」小張搖搖頭說：「我還沒有想到。」

「好，現在沒有事情了，我們明天上午再研究進行偵察工作。」黃慰玲說：「你可以回艙裏去睡覺，但是你不准和任何人提起這件事情。如果你爲了表明心跡，自動留在官廳裏睡覺也好，你自己決定吧。」

小張抬頭望望女秘書和朱政委，他覺得十分迷惑，他奇怪她居然肯放他走了。同時朱政委也用迷惑的眼光望着女秘書，他奇怪她怎麼會放心讓小張離開？

小張決定了，他說：

「黃小姐，我不願涉嫌走漏消息，我願意留在官廳裏睡覺，我現在就到艙裏去搬行李來。」

「隨便你，」女秘書顯得很不在乎地說：「你去搬行李，我派一個人給你幫忙好了。」

小張怔了一下，但是繼而一想，這並不算是意外，他們要派人去只好讓他們派吧。

他站了起來，隨着門口的一個「同志」一道走了。

官廳裏只剩下了朱政委和女秘書兩人，她似乎不想跟他單獨在一起。她說：

「政委同志，我可以回去睡覺了嗎？」

「朱政委笑瞇瞇地望着她，簡直忘記了轉眼。他聽她說要走，急得趕緊拉住她一隻手臂說：

「別急，我還有事情跟你研究呢。」

黃慰玲站起來，剛好擺脫他的手，但是，她也沒有走開。她說：

「小張的事情暫時可以告一個段落了。」

「黃同志，你對這件事情處理得很好，不過你的膽子也未免太大了一點。」

「什麼？」女秘書顯得吃了一驚問。

「你讓他回艙去睡覺，萬一他走漏了合同的消息，那豈不糟了麼？」

她聽到他只不過是指這一樁事情，放了心，顯得胸有成竹地說：

「啊，政委同志，這很簡單，我說過不讓他和任何人接觸，這時是深夜了，他不會見到任何人。如果他膽敢去找第三者，我們找這個藉口，多抓一兩人起來不就得了？」

「你不覺得那樣麻煩也更大了麼？」

「有些事情總得擔一些風險的，我們還需要利用他，首先得安住他的心。現在是他自己願意留下來，船長向我們抗議也沒有用了。」

「好極了。」朱政委又抓住了她的手，臉上浮現着一份不正經的笑容。他繼續說：「黃同志，我不想瞞你，當上級派你來擔任這一次任務時，我查過你過去的資料，我認爲你不是一個適當的工作人員，我還反對過你來。現在你證明很能勝任。爲了慶祝我們第一次合作成功，我們來喝一杯如何？」

「別興奮，正事還沒有完呢，」她又一度擺脫了他的不安份的手，指着床上說：「最好你起來找一找那份合同，說不定落在床下去了不是庸人自擾麼？」

「我這裏都仔細找過了，」朱政委嘻皮笑臉地指着她掛在肩上的手袋說：「我們自己找一找，說不定在你的皮包裏呢。」

女秘書的臉上變了顏色，她退後了兩步，緊繃着臉，認眞地說：

「政委同志，這不是開玩笑的事情。我提醒你，這是要緊的公事呢。」

朱政委沒有看淸楚女秘書臉色的變化，繼續開玩笑說：

「我也是正經話呢，我們爲了表明心跡，最好你搜我的床，我搜你的皮包好不好？不過我可以打賭，你那裏面一定找不着什麽，除了一大堆的衞生紙……」

這使得她有些啼笑皆非的感覺了，她的臉色也漸趨正常地說：

「政委同志，你的粗話說得過份了。」

朱政委仍然色迷迷地望着她，一面把脚伸到床邊找拖鞋，他露骨地說：

「來！寶貝，你生起氣來更漂亮，讓我來親一個……」

女秘書忽然改變了一臉嚴峻的神情，嫣然一笑說：

「你很可愛，不過，我猜他們回來了。」

外面的脚步聲響起來，一直到了門邊。朱政委滿臉懊喪地說：

「今晚上我作了一件最大的錯事，就是不該讓那小鬼睡到我房裏來。」

他不等外面敲門或通報就沒好氣地說：

「進來！」

有人進來了，可是進來的却是王大副和許二副。

裏面兩個人都不曾料到，他們都吃驚了。朱政委還下意識地伸手到枕下去摸摸手槍。

進來的兩個人他們剛從船長室出來，就直接一起到官廳裏來了。兩人不像他們那樣緊張，但是也顯得有些出乎意外，因爲他們沒有見到小張在裏面。大副擧目四處打量了一下，他粗聲粗氣地說：

「小張呢，我們來帶他回去。」

女秘書首先恢復了安靜，她裝出一臉笑容說：

「小張到他艙裏搬行李去了。」

「他搬行李幹什麼？」

「大副，別這麼急嘛，」她輕鬆地說：「小張爲了要洗清自己的嫌疑，他自動願意幫我們找同失去的合同，而且，他自動願意搬到這裏來睡覺，一直到找到合同爲止。朱政委同意了。」

「我不信，我要親自問小張。」

「當然可以，他大概就要回來了，你在這裏等呢還是到他艙裏去問他？」

「老王」，二副好像不耐地說：「我們去問小張。」

女秘書望着他和藹地笑了一笑說：

「隨便你，他一定還可以證明我們對他很客氣的。我同你們一道去找他吧。」

大副二副都沒有同她搭腔，自顧自地轉身出去。她也勝利地向朱政委拋了一個媚眼，跟在後面出去了。不過她沒有跟着他們去找小張，她獨自回艙中去了。

朱政委空自生氣，嚥了一口唾液，呆呆地坐在床上望着她苗條的背影。

大副領先走在前面，走到通往下艙的梯口遇見了小張和另一個「同志」，他性急地攔在兩人面前問：

「小張，告訴我是怎麼一回事？」

「還不是爲了那鬼合同的事情……」

「這些我們知道了，你爲什麼要住在官廳裏去呢？」二副打斷他的話說。

「我自己決定住在官廳裏去的，」小張對他霎霎眼說：「我要洗刷自己和船上的名譽。」

「但是根本你沒有拿他們的文件，是不是？」二副回頭沒看見黃慰玲，他放心了一些，搶着問。他這句問話有弦外之音，他希望知道小張究竟有沒有拿到合同？

跟着小張的那個「同志」緊張地望着二副，小張立刻暗示地點了點頭。然後他發覺那人在注意他了，他趕快使勁地搖着頭，一本正經地回答：

「二副，你是曉得我的，我怎麼會拿客人的東西呢？所以我才要住進去，等他們明天找到後再搬出來。到那時候我想他們一定沒話說了。」

「好，」二副忽然覺得他已經領悟小張的意思了，他點點頭說：「你去吧，到明天我想一切都會弄明白了。」

他說完，讓在一旁，讓小張和那個「同志」過去了。

他等他們走後，立刻拉着大副回到大副的房艙中去，他先關上了房門，低聲但很興奮地說：

「老王，小張得到手了。」

「你說那份合同麼？」大副顯得迷惑地問。

「是的，」二副說：「我猜想他拿到了合同，但是剛好有人進去，他恐怕別人發覺搜他的身上，所以他借着收拾房間，把它順手塞在官廳裏的那些『貨物』裏了。」

「你怎麼能確定呢？小張剛才並沒有明白說出來。」

「他剛才暗示我的，我當然不能完全確定，但是我相信不會猜錯，否則他不會肯自願住進去，那沒有什麼意義，是不是？」

「對，他要自己去看住合同。」大副也同意他說。

「是的，但是我們的時間不多了。」二副警告說：「老王，如果那艘潛艇趕來，我們就沒有機會了。我認爲我們不管我們海軍是否接到消息，或者來不來？我們設法在天明之前先佔領這一條船，第一個目標是官廳。」

「啊，小許，」大副的反應既興奮，又高興地說：「你也贊同我的計劃了，不躭心老頭子會反對嗎？」

「這一點我很放心了，共產黨員幫了我們不少的忙，我相信最後他會同意我們的。」

大副笑了一笑，調侃地說：

「或者他並不同意，但是他會承認既成事實。」

「對了，」二副滿面笑容地回答：「那是標準的英國傳統方式。」

「現在我們計劃一下我們的行動吧。」

二副略爲思索了一下，他說：

「我們分頭進行，你去組織隊伍，分成幾組對付船上各處的那些特務，同時特別注意保護機艙、電訊室和船長室。我去準備改變航向，保護駕駛室的安全。官廳方面，也可以交給我，只要給我三個人就够了。」

「還有你要特別留心那個女特務，她是你認為的危險人物。」

二副苦笑了一下，接着他鄭重地點頭說：

「這是一杯苦酒，但是我要喝下去。」

「也許可以刺激精神呢。」大副笑着說：「我們這樣辦吧，如果她在官廳裏，她是你的。如果她留在自己的艙裏，由我負責處理。」

「對了，」二副說：「你得先注意保護小侄女，別讓她落在對方手中。」

「那當然，現在不必打草驚蛇，等發動前，我會照顧到她的。」

「好，現在沒別的事情了，我們分頭進行去，愈快愈好，遲會有變。」

說完，他就打開房門走出去了。

大副看着他的背影，點點頭說：

「年輕人很可愛！」

他接着關上了房門，然後小心地打開床舖後面的艙壁，取出了一隻白朗寧手槍和幾隻彈夾，藏入寬大的皮夾克上衣內。然後打開門，到艙底下去了。

王大副的身影剛剛從走道上消失的時候，一個「同志」從黑暗角落裏走出來，匆匆地走進官廳裏去。兩分鐘後，他又匆匆地跑出來，鬼鬼祟祟地到黃慰玲住的房艙外面去敲了兩下門。

黃慰玲從官廳裏回到房艙後，她也感到非常疲倦，打了一個呵欠，脫去了外面的大衣。她望望對面床舖上睡着的小姑娘，好像睡得很熟，連她進房來扭亮床頭的燈也沒有驚醒過。黃慰玲着到她身上的薄被滑落一半在床下，走過去替她蓋好，還愛憐地輕輕拍了一下她紅嫩的臉頰。

她確信這夜裏沒有什麼事情了，正準備脫衣服睡覺時，忽然聽到了敲門聲。

她不禁有些緊張地問：

「是誰？」

「是我，」外面一個低沉的聲音應著：「政委同志派我來請黃同志商量重要的事情。」

她打開了門，有些不高興地問：

「我剛從他那裏回來，怎麼又有事情呢？」

那人壓低了嗓子說：

「黃同志，船上恐怕要出事情了。」

「有什麼事？」她仍然不經意地問。

「我是奉命監視王大副的，我看見他和許二副兩人在房裏商量了一半天，然後兩個人先後出來，分開走了，他們都沒有睡覺。」

「你看見他們到那裏去了？」她聽完了對方的報告後，才集中精神問。

「許二副上駕駛臺去了，大副到下面艙裏去了。我猜他們一定在佈置什麼，兩個人的神情都很緊張。」

「你已經報告了政委同志麼？」

「是，是政委同志要我來請黃同志的。」

「好，我就去。」

她打發他先去，然後穿上了上衣，想了一想，放了一樣東西在手袋裏，掛在肩上，那手袋頓時顯沉重不少了。

她到了官廳中，朱政委仍然坐在床上，顯然在等她。另外還有一個「同志」站在門內，那一定是專門監視小張的，小張裹着被子，睡在遠遠的一角。

那個負責監視王大副行動的「同志」又把剛才所見的情形簡單地報告了一下。

「看來情勢並沒有緩和下來，」女秘書開口說：「我們已經放了那兩名水手，他們仍然不肯罷手。」

「我不躭心他們，朱政委說，「船上各個重要地方我都派得有同志監視，他們想要有任何行動，都逃不過我們掌握的。」

「我們也不能太低估了他們，」女秘書建議說：「最好把胡經理也請來，我們先研究萬一局勢變化的對策。」

「你認爲他們會有所行動？」

「如果我是他們，既然也知道了濟艇明大會趕來，那麼這幾小時就到變得十分重要了。否則明天他們就毫無機會了。」

「不錯，我們見地完全一樣。」朱政委得意地對門內那個「同志」把手一揮說：「你去請胡經理來。」

黃慰玲等到那人出去，她鄭重地低聲說：

「政委同志，胡經理素來很少有意見的，你必須拿出主張來。」

朱政委不屑地微哂了一下，他顯得很有自信地說：

「你說話很有修養，你沒有說胡經理只是一條會睡覺的猪。他能有什麼主意？我叫他起來，只是不讓他安安逸逸地睡覺罷了。」

「那麼，你對一切都胸有成竹了？」她問。

「你放心，我有把握的，這一批小子想在我面前玩什麼花樣，那簡直是異想天開！」

「可是，」她提醒地說：「我們不懂得開船呢。」

「要不是這樣，我老早就把姓王姓許的那兩個小子抓起來了，還讓他們在船上煽動陰謀麼？不過他們也高興不久了，等明天潛艇來了之後，首先就把他們幹掉！」

黃慰玲顯得很不安，她借機會站起來，望望睡在另外角落中的小張。

小張沒有動靜，好像也聽不見他們兩人的對話。他也許是累了一天，所以裹着被子睡得很熟，還發出了輕微的而且勻稱鼾聲。

「不要躭心那小子，」朱政委從鼻孔裏哼了一聲說：「船上有任何的動靜，我會先拿他開刀，他們永遠找不到那合同的。」

「可是那樣我們也找不到合同了。」

「我當然會先逼他說出來的。」

黃慰玲似乎呆了一下，她接着說：

「我們還得有安全佈置，如果臺灣軍艦先趕來，他們佔領了全船，就不在乎合同了。」

「他們別妄想，這條船永遠到不了他們手中的。」朱政委的臉色變得更陰沉地說。

「政委同志，你好像很有信心。」

「不是信心，我早有了周密的佈置。萬一到了那時候，我等軍艦靠過來，然後爆毀全船，大家同歸於盡。」

黃慰玲臉色變成灰白說：

「政委同志，你是有意駭我呢還是開玩笑？」

「兩樣都不是，我已經在艙裏放了一批炸藥，派了人守在那裏，他會聽我的信號就按一下裝好的電鈕。」

「如果他怕死不按電鈕呢？」

「他不知道，他只知道我裝了秘密武器，一按電鈕就可把敵人整個消滅了。」

黃慰玲勉強笑了一下，來冲淡這嚴肅的氣氛，她說：

「我希望永遠不會有這個信號，這條船和這船上的貨物都是我們急切需要的呢。」

朱政委的表情又鬆弛下來，嘻皮笑臉地說：

「你忘了，還有最美麗的女秘書同志，那才是我最需要的。」

女秘密把嘴吧一噘，不高興地說：

「這是什麼時候，你還有心情開玩笑！」

「我一點也不是開玩笑，」朱政委認真地說：「等這條船到了天津以後，胖子會被上級清算，我們可以找同志們證明他工作不力。然後，我會設法正式調你在我負責的單位中來工作，那就沒有誰能搶走你了。」

黃慰玲的表情是既不生氣，也不高興，也一點不驚異，她只是平淡地對着老幹部笑了一笑，然後說：「到天津看你的了。」

老幹部得意忘形，又想動手動脚起來。但是外面一陣急促的脚步聲到了門外，一個「同志」沒有敲門就直接闖進來了。連守門的「同志」也差點被撞着了。

「怎麼囘事？」老幹部大發雷霆地說：「你簡直糊塗，船上失了火麼？」

「政委同志，」那個人喘着氣報告：「比失火還要嚴重些，電訊室偷偷發電訊報告船位，被我們負責監視的同志發現了。」

朱政委驚得跳了起來，那邊小張也注意地望着他們，不過他沒有動。

「人呢？」朱政委問。

「已經抓起來了。」

「送到這裏來審訊。」

「是！」那人轉身出去了。

醞釀了半夜的風暴已經到臨了。如果這一場鬬爭也算是一場戰爭的話，那末前哨接觸戰已經過去，主力戰在戰雲低迷中展開了。

諺語云：「螳螂捕蟬，黃雀在後。」世事幾乎都是如此的，尤其是愈複雜的事。

朱政委丟了合同，他幾乎可以肯定是小張拿的，所以把他逮捕了。然後，他們在商量着如何防止船員們控制全船。但是，百密一疏，小胡冒險發出了電報，使得鬭爭進入了新的高潮。

大副和二副在加緊佈置，計劃來一次措手不及的行動，控制全船。他們的佈置正在耳語中進行，船員們在有計劃地分開，到達指定的崗位等候着。

那些不三不四的陌生人，也聚精會神地分別監視船上所有重要人物的行動。

這一切，都在靜靜的深夜裏進行着。

海峽中，更大的行動也在深夜中靜靜地進行着。

小張的阿姐被兩個來歷不明的人押到天津菜舘去，詢問那裏是否有一個叫做老王的廚子？他們得到了證實，那叫做老王的廚子出來，承認了小張交給他一百元，並且轉交了那個女人。那兩個人才放心走了。小張和他的阿姐都完成了任務，她傳出了「海星」輪將要經過巴士海峽前往天津的情報。

但是，有關部門却決定謹慎地不回電給船上，因爲阿姐被綁架，證明了對方一定起了疑心，在船上也會有了相當的佈置。只是秘密地進行準備，有兩三艘海軍軍艦從南臺灣基地港灣中悄悄地駛到海上，在臺灣海峽和巴士海峽一帶巡邏，等待這一艘貨輪。軍艦上的雷達整夜開放着，尋找類似情報中所說的這一條船的踪跡。他們並且奉到指示，只要是船上有不尋常的情形發生，立刻派武裝人員上船去檢查。

小胡一直沒有收到有關方面的指示，更沒收到海軍方面的復電。而他很快就要交班了。於是他冒險地發出了報告船位的電報。

那電報首先替他自己找了麻煩，他被押到官廳去進行審訊去了。而他發出的電報却被幾個狩獵者同時收到了，其中距離這條船最近的一條軍艦以最大的航速向她駛來。

當然，那一艘兼程趕來護航的潛艇也同時收到了這個電報，於是，她也以全速趕來參加這一場熱鬧了。

整個情勢像充滿了氣體的汽球，像滿弦上的箭，只差一個信號就爆炸了。

九

許二副和大副分手後，他立刻先去電訊室，告訴小胡設法冒險發出報告船位的電報。他出了一個主意，替小胡找了一個並不十分妥當的藉口，但是，他找不到還有更妥當的藉口了。

之後，小胡被捕了，他是第一個得到消息的人。但是，他並不着急，他已經作過了周詳的考慮，他自己也不出面，只派人用大副的名義把這個消息去報告了老船長。

他也沒有趕到官廳去，這時候去官廳沒有什麽用處。這事情跟小張偷合同不一樣，對方已經抓到證據，無法抵賴掉的。如果把這一個燙手的山芋丟給老船長，那就會有好戲可看了。

老船長已經爲張阿四、小張等被捕的事惹起了脾氣，現在又是小胡，他不會不去找朱政委交涉的。他去交涉有兩個作用：第一是對方不敢冒和老船長鬧翻的危險，那可以保證小胡的安全；如果也把他和小張安置在一起，那麽到必要時反而會變成兩個可用的力量。第二：不管朱政委肯不肯對老船長賣賬，都會加深了老船長對他們的惡劣的印象了。

主要的，他相信這些都不是大問題了，根據他以往在海軍中的，以及在這條船上多少在臺灣海峽航行的經驗，臺灣四週的水域不分晝夜都有國軍軍艦在巡弋，他們的任務是保衛臺灣基地的安全，必要時阻止資匪的商船駛往大陸港口。既然這通電報已經發出去，那麽他們收到電報以後就會立刻趕來了。只要軍艦趕到，那麽一切問題都可以迎刄而解了。

他站在欄杆邊，一會兒後看見老船長上已經被吵起來，帶着滿臉不高興的神情走向官廳去了。他趕緊藏在暗處，不讓老頭子看到。接着，他上到駕駛臺去了。那才是他的崗位，一有事時，他會立刻接收這條船，賦予她以新的航向，那是他最希望作的事情了。

他倚着欄杆遠眺，天幕上的星星已經愈來愈疏朗了，月亮已經早落入海中，海上翻着黑色的波浪，遼濶深遠，只有這一條船在破浪前進。夜已經快要過去，寒意却愈來愈濃了。甲板上凝結着點點的露水，在星光和桅燈下閃着光芒。

他擧起了望遠鏡，在海面上作弧形搜索。海平面上被一片霧幕籠罩着，能見度不太大。近海的海面上，到處有燐光跳動，薄薄的霧輕紗般罩在海面上，找不着一艘船，當然更不會意外地出現一片陸地了。

這使他不免有些輕微地失望，他知道自己在等待着什麼，不過他有信心，他相信自己遲早會等得到的。

幾乎是從他長大時起，他就酷愛着海洋和航海。只要是在海上，無論在黃昏，黎明，或是月光皎潔的夜裏，他都愛在舷邊徘徊，在美好的海上風光中尋得心靈上最大的享受。他會陶醉在朝霞，夕暉和柔美的月光下，忘却人世間的紛擾。

但是，最近幾年來，他連這一份心靈上的享受也尋找不到了。他像一個罪人，雖然逃避了法律的制裁，在心靈上却永遠得不到安靜。儘管景色永遠還是那麼美好，而他却無心欣賞了。

現在，他相信噩夢快要結束了，他會重新獲得自由和快樂，他要帶着這一份珍貴的禮物去覓舊日的夥伴們。他不想向他們誇耀自己的成就，只是希望可以略爲補償自己心靈上的歉仄。

因此，這一夜的海上風光還是和往常任何一天一樣，而他却覺得大不相同了。

正當他沉醉在自己的思維中時，老船長意外地走進了駕駛室。在駕駛室工作的人們都看得出來，老船長的臉色顯得比平常更嚴肅了。

「二副！」老船長跨進駕駛室就叫。

「啊，」二副轉身看到了老船長，他也不禁有點驚異，這時候到駕駛臺來，那實在是極不尋常的事情。他照常報告說：「船長，一切正常」。

「一切正常嗎？」老船長問。

二副對於這一句突然的問話頗感到詫異，但是他想到了老船長剛從官廳裏來，他就明白老頭子的心情了。他明白他一定弄得很不愉快，一定會向他發牢騷的。他故意不問，只是繼續報告說：

「是的，航向，速度……」

「你知道電訊室出了事情嗎？」

「是，我接到了報告，小胡被他們抓走了。我相信大副會去處理的。」

駕駛室中靜靜地，視線都集中到老船長的身上，他們也都十分關心自己夥伴的命運。

「你知道他發電報出去嗎？」

二副望着老船長注視他的眼光，他不禁有一點猶豫，這問題不好答覆。他不知道小胡到底說了些什麼，在這人多的地方他也不免有所顧慮。

他終於決定避免正面的答覆，他說：

「我聽說他們爲了這件事情逮捕他，我相信在船上，這並不是什麼大事情，電訊室發電報告船位並不需要先請示的。」

「如果有命令停發電報，那就不同了。」

「是的，船長，不過我相信小胡一定有解釋的。」

「他說是總公司有電報來詢問，通常在這種情形下馬上就答覆了。他不想因爲這一點小事吵醒我。」

「船長，我覺得這解釋很合理。」這本來是二副教給小胡的主意，他相信船長會接受這解釋的。」

「但是朱政委對這個解釋不滿意，他堅持說這是國特的陰謀。」

「船長，」二副有些緊張地說：「他們會非法拷問小胡嗎？」

「如果船上任何一個人違背了規定，我自己會處分的。我從不干涉別人的職權、但是我也不歡喜別人來侵犯我的職權。」老船長凛然不可侵犯地說。

「船長，」二副進一步挑了一句：「小張的事情也並沒有解決。」

「那不同。那是他自己願意留在那裏的。」

「那他們肯放小胡嗎？」

「我已經向他們提了備忘錄，如果在一個鐘頭以後、小胡還沒有向我報到的話，我要執行自己的職權了。」

「是的，船長，他們已經在船上鬧得不像話了。」

「我希望船上自己也要安份 點，這一次開船後，出了不少的麻煩。朱政委還指摘說：這是船上的陰謀份子有計劃的活動。」

「船長，船上每一個人都會聽你的命令，但是大家都不歡喜另外的人干涉船上的正常工作…」

老船長一揮手阻止他說下去。

「船長，」二副改口說：「你請去休息吧，小胡的消息我會向你報告……」

「不，我現在要留在這裏，」老船長說：「你下去休息好了，早上六點鐘來接替我。」

「船長，如果只是爲了等候小胡的消息……」

老船長皺了一下眉頭；認眞地說：

「從現在起，我們兩個人必須有 個人留在駕駛室裏，現在是我。同時我在這裏等朱政委答覆我的備忘錄。」

「是，船長。」

二副轉身出了駕駛室，他對於老船長最後的幾句話感到很欣慰，那表示老船長非常信任他。使他更高興的，是他覺得對小胡的事情他處理得很好，現在是朱政委必須考慮繼續扣留小胡或是照老船長的備忘錄在一個鐘頭以內釋放他了。

他相信，老船長已經向他們走近一步了，遲早一定會走到他們這一邊來的。

他想去和王大副談談這事情，他們或許可以利用這個機會，在一個鐘頭後，等老船長和朱政委攤牌時，他們就可以發動了。這一個鐘頭的時間並不長，他得了解大副的佈置怎麽樣了。

但是，當他走過自己的房門時，發現門打開了，只是虛掩着，從門縫中透出燈光來。

他記得淸楚自己出來時關了燈也開上了門的。是誰打開的呢？也許是大副，除了大副而外，別人不會在這時候到他房裏去的。

但是，他還是謹愼地抓住衣袋中的手槍，這是他和大副分手後回房裏才帶在身上的。他側身站在門邊，用脚輕輕地推開了門。

裏面沒有動靜，他却利用門打開的一瞬間，看了一下裏面，他不禁驚奇了，在房裏面的床前書桌邊坐了一個人，是黃慰琦。

她聽到門打開的聲音，並不驚奇，笑盈盈地站了起了，看着門外。

二副略爲猶豫了一下，才鬆弛了緊張的神經，把手從衣袋裏伸出來。裝着不在意地走進去。

黃慰玲站在書桌邊，一隻手按在手袋上，笑着注視着他說：

「你似乎很緊張呢。」

「啊，」二副顯得非常不高興地說：「黃小姐，對不起……」

「其實這句話應該我說的，對不對？」

「黃小姐，我實在沒有想到你這時候會在我房裏，有什麼事情嗎？」

她仍然輕鬆地笑着說：

「我們可以坐下來談談嗎？」

二副無可奈何他，走到床邊坐了下來。正如他對大副說的，他在喝着一杯苦酒。他明白黃慰玲是一個十分危險的人物，尤其是對他更是如此。

黃慰玲很悠閒，和二副的緊張正是鮮明的對比。她自動地從桌上一聽香烟中取出一支烟，示意地望着二副。

二副趕快摸出打火機來替她點上了，他的動作顯得非常笨拙。接着他自己也抽起了一支烟，香烟可以掩飾他的笨拙不安。

黃慰玲噴出一口烟說：

「這是到船上來第一次到你房裏來呢，你用什麼招待我？」

「你希望什麼？要喝一杯。」二副說。可是他不禁又失悔起來，他無意請她喝酒。

可是黃慰玲也笑着拒絕了，她說：

「謝謝你，那不是早上三點鐘該作的事。我想問：你似乎很不歡迎我，是不是？」

「說實在話，你來對我是很意外的事。」

她望着自已噴出的烟圈，噗哧地一口笑了出來。

「你笑什麼？我的話並不好笑。」

「我不是笑這，當我還是小女孩的時候，我最歡喜作一樣事情：就是把兩個人不願意見面的人作弄在一起，然後看他們尷尬的面孔。」

二副只是淡淡地笑一笑，他不想掩飾對她的感覺。他坦白地說：

「你很聰明，不過我的想法跟你不同。你一定是跟船長一道從官廳出來的，你看到他上了駕駛臺，那麼，你相信我一定沒有辦法下來。所以你特地來檢查我的房間。但是我相信你失望了，你什麼東西也沒有得到。」

「啊，」她仍然笑着不以爲忤地說：「我有成績的，我一共抽了三支烟你才下來。你可以檢香烟灰碟裏，有口紅的都是我的成績。不過我可是坐着抽的。我有潔癖，不歡喜到處彈烟灰。」

「黃小姐。」二副想下逐客令了：

「別動火嘛！」她嫵媚地望着他說：「在香港時我們一共見過兩次面，第三次是在上海，你在我公寓裏坐了幾個鐘頭，你可從來沒有對我動過火，你還記得那時候你叫我什麼名字嗎？」

他不由自主地望着她，衝口而出說：

「麗莎……」

「你還記得，謝謝你。」

「但是，這不同的，那時候我們是朋友，現在——」

「現在我們是什麼？」

「是對手！」他挑戰地注視着她說。

「啊，我歡喜強有力的對手，我現在眞想爲這兩個字乾一杯了。」

「告訴我，你來到底是爲了什麼？」

「一定要爲了什麼纔來麼？如果不爲什麼呢？」

「我要警告你，別想試着來說服我，如果你來是爲了這個目的，你可以不必浪費時間。」

她又笑了。站起來揉熄了烟蒂，走到門邊去。不過她不是走出去，而是關上了門，然後又走同來坐下說：

「我不歡喜能够被說服的對手，所以我不想試，我很高興你也不試。」

「你能肯定麼？」

她只是笑笑，不答。

他盡力使自已不去看她，他害怕她又深又黑的眼睛，那像星光下的黑色海洋。他忽然想起最後一次在上海見到她的情形，那時候他已經知道了她是爲共產黨工作了，但他仍然忍不住瘋狂的愛着她。他離開上海後，始終忘記不了她的影子，不過他儘可能的把整個身心放在船上，他自信已經成功地忘記了她。但是，在這一次航行中，她又意外地出現了。而偏偏變成了他的對手，這對他在感覺上並不祇是一杯苦酒了。

「仍然要和我打賭麼？」她仍然挑逗地說。

他站了起來，把烟蒂塞入烟灰碟中，努力壓制自己激動的情緒。他害怕自己會被她迷人的眼光打倒，設法盡量武裝起自己的感情來。他終於說：

「我不想瞞你，我仍然想試着說服你。儘管你說我們之間的賬已經清了，但是我不能那樣想。在上海時，我雖然明白你的身份立場，我仍然決定相信你，把自己生命交給你，相信你能够讓我安全離開上海。你終於冒險救了我的生命，現在，我們又遇到了，而且變成了敵對兩方，不管怎麼樣，我怎麼能不試呢？」

他說得很慢，聲音很低，她不會打斷他，除了燃起了一支烟。但是，她一口也沒有抽，讓香烟燃着，也不彈掉烟灰。一直等他說完，她才點點頭說：

「那麼，你說下去吧。」

二副在她面前站住了，他發覺對方眼光中不像存有惡意，也沒有一點嘲弄的意思，這使他有了勇氣。他說：

「我不想到天津去，我不想再試一次在上海的冒險。船上所有的夥伴也是這樣想。所以，我們決定不讓這條船到天津去。」

「啊，這很像反動派的口吻，是對我攤牌麼？」

「不，我只是在對你表達我想說的話。」二副誠懇地說：「在上海，你沒有任何力量，但你仍然幫我逃走。這一次，我相信你更能幫我們。如果這條船開到了天津，這船上多少人都會死，或被送去集中營過暗無天日的生活，但是我們都是人，都要過人的生活。我相信你也希望過人的生活吧？」

她注視着他，那眼光中看不出有若何的表情。不感動，不驚異，也沒有一絲輕蔑。一會後她才說：

「如果我不答應幫忙，或者甚至我去向朱政委告發，你們要怎麼辦？」

「我們會作最壞的打算。但是，我們決不罷手，除非我們成功或是澈底失敗。」

「那麼，你也會扣留我作爲人質，像朱政委扣留小張小胡一樣的嗎？」

「我們不會扣留你，」二副搖搖頭說：「也不躭心你去告發。我的理由很簡單。」

「因爲沒有你們，這條船就沒法子開到天津，是這個理由嗎？」

「不，有我們更到不了。我的理由是：我相信你不會去告發。」

「爲什麼？」她也顯得有些愕然地說。

「什麼也不爲，我想你也一定清楚的。」

她注視他有半分鐘之久，他的眼光也沒有迴避，勇敢地接受她的注視。她終於把烟蒂熄了，站起來說：

「我不會向你保證。而且，即使保證，你該知道共產黨人從來不信任保證的。」

「我不會像這樣想，我是在對一個朋友講話，不是對一個共產黨徒講話。」

「你的話說完了？」

他點點頭。

黃慰玲突然收斂笑容，顯得很嚴重地說：

「好，我該說出我的來意了。我來警告你的。朱政委相信你是反動陰謀團體的領袖份子，領導進行陰謀破壞工作。你必須停止活動，否則就會用國特的罪名逮捕你。」

「我明白，」二副慷慨地說：「我會等着。」

「好極了。」她伸手去拿放在書桌上的手提袋，一面接着說：「如果你剛才所說不扣留我的話還有效，那麼請你打開門讓我走。」

二副望着她，帶着幾分迷惑的神情。他覺得她臉上的神情一點不像在開玩笑，跟兩三分鐘前判若兩人。他廢然低喟，他想他畢竟不懂得女人。

他思索的時間很短，接着就走過去打開了門。

她拿起了書桌上的手袋，幾乎連招呼都不打就逕自走出去了。

二副注視着她的背影遠去，直到在走廊轉角處消失以後，還停留在門邊。他的心頭湧起了各種不同的想法。

他無法確定她究竟是爲什麼深夜來找他？果眞是爲了警告他，那也不必對他繞這麼多的彎子。他們也不是現在才攤牌，而且她又聲稱他們知道他是船上反共的領袖份子，她根本早就知道他是海軍軍官。爲什麼他們不逮捕他呢？難道眞的爲了沒有他們船就到不了天津麼？但這理由也不充足，共產黨可以強迫任何人作任何事，從不會去徵求過別人是否同意的。還有，到了幾小時以後，他們的潛艇就趕到了，也不需要他在船上工作了。

想到這裏，他忽然在腦中有了一份感覺，他想：她是不是爲了拖延時間呢？如果穩住他們，拖到潛艇趕來，那麼即使想有所舉動也沒有用了。

他一驚，不禁從背脊上冒了一陣寒意。這正是最重要的關頭了，他怎麼還能够一個人站在這裏發楞呢？那不正中了對方的計算麼？

他不再思索，趕快回身去關書桌上的枱燈。

但是，他在關燈前突然發現玻璃板上多了一張紙條。剛才黃慰玲的手袋就壓在紙條上面，所以他沒有看到。

他趕緊拿起來，那紙條上寫着清秀的字蹟：

「底艙存有兩大箱强烈炸藥，爆炸時可使全船同歸於盡！信管設在底艙入口處，有人看守。」

他緊抓着紙條，跳了起來。

他腦中不禁湧出了一個想法，是黃慰玲寫的這張紙條，她是專門爲了送這消息來的。

那的確是十分嚴重的事情，共產黨徒什麼壞事都作得出來的。如果他們不願意船落到別人手中時，會下令引發炸藥，炸燬全船，這計劃太狠毒了。他覺得奇怪，爲什麼他和大副一直就沒有想到可能發生這種危險呢？

他把紙條叠好，藏入衣袋內，然後關上了燈，鎖好房艙，準備到下面去找大副去。

正當他轉身時，後面傳來一陣急促的脚步聲，他趕快轉過身，發覺是船上的一名水手，他叫着：

「二副！」

「啊！」他停下來回答：「什麼事？」

那水手顯得又緊張又興奮，上氣不接下氣地說：

「左舷發現一艘軍艦，用閃光燈號詢問我們。」

「好，跟我上去。」

二副轉身向左舷跑去，那水手在後面跟着他。

海上霧更濃了，在水平線上只有一點糢糊的船影，但是，從那邊發來的閃光燈號却很清楚。

二副站在舷邊辨認了一下，那燈號的意思是：

「報告船名——停船候檢。」

舷邊並不只是他們兩個人，有許多人都擠在舷邊，望着那閃光來源的地方，有人興奮，有人緊張。

二副在興奮中，却沒有忘記紙條的事情，尤其在勝利將臨時，更要謹愼。他囘頭對跟着他的水手說：

「馬上請大副到駕駛室來，愈快愈好。」

「是，二副！」

那水手迅速地消失在走道上了。二副也沿着舷梯，匆匆地跑上駕駛室去。

十

海上，一條狹長的靑白色的光帶，穿過了海面的霧幕，落在這一艘夜航船的甲板上。這光帶把兩艘船連接在一起。在黎明前的黑暗中，軍艦的探照燈爲海上帶來了光亮，也爲這一條船帶來了希望和光明。

船上的人大家都鬆了一口氣，漫漫長夜終於快要過去，光明就在眼前了。

但是，黎明前的一段時光總是最黑暗的，這一點光亮還不能照透無邊的黑暗，只是在這艘貨船上，造成了一陣巨大的風暴。

船上駕駛室的廣播器突然打開了。那聲音很沉低，在船上的人聽來很陌生，但是却給人們帶來了不安和憤怒。

那是朱政委的聲音，儘管他很緊張，但是在他的聲調中仍然充滿了狡猾和兇狠：

「……從現在起，我宣佈全船戒嚴，大家安心在自己崗位上工作，甲板上沒有工作的人，立刻到艙下去，不准在艙面逗留，不遵命令者格殺勿論。」

同時，駕駛室旁邊的信號燈也亮了。不過燈後站的不是船上的船員，而是一名穿着「解放裝」的陌生人。

閃光燈堂而皇之向軍艦答覆：

「英國皇家商輪史塔克號，由新加坡去東京……」

這双管齊下的攻勢很快就奏效了。甲板上擠在舷邊的水手們已經被「同志」們分別趕下艙去。艙面上一片沉寂，船仍然保持着原來的航向前進。

駕駛室，電訊室，機艙，以及重要的走道上，都佈滿了便衣的「同志」們，如臨大敵般監視着全船的動態。

那一艘軍艦並沒有因爲收到了答覆就滿意了。她加快了速度，轉向和這艘貨輪平行而駛。閃光燈仍然傳過來詢問的燈號，双方在燈號中捉迷藏。

許二副跑上駕駛室的時候，正當朱政委在那裏拿着廣播器發出戒嚴的廣播命令。他還沒有跨進駕駛室，就被一個「同志」很客氣地迎上來擋駕了。同時，他也看到老船長已經被擠在駕駛室的一角，有兩名便衣擋在他的前面。

朱政委放下了廣播器以後，老船長高聲地抗議：

「朱政委，你已經作得太過份了。我不能原諒你！」

「對不起，」朱政委滿臉浮着奸滑的笑容說：「這是不得已的事情，你能保證在這時候『國特』不會乘機活動嗎？」

「不管是誰，我不能忍受別人干涉船上的工作。」

朱政委顯然還不願就此得罪了老船長，他還需要充份利用老船長的航海經驗和他在船上的威望。那對他們非常重要。

「船長，」他仍然笑着說：「這條船仍然是屬於你的，我不過是協助你……」

「我自己會管，你請下去！」老船長不客氣地說。

老幹部看得出嚴重局勢已經過去了。也許那一艘軍艦認爲這一艘貨輪的燈號回答正確，不是她所需要找的目標，決在不在這裏浪費時間，所以終於結束了燈號的詢問，繼續加快航速，準備離開了。

因此，老幹部認爲自己沒有必要留在這裏了，他順水推舟地說：

「好的，我下去了。」

但是，他在下去之前，把靠近他的一個「同志」叫到身邊低聲吩咐了幾句，態度很嚴厲。那人連連點頭應是。

他再向船長打了一個招呼下去了。可是，上面的人一個也沒有撤走，仍然在駕駛室外面停留下來。燈號已停，剛才的熱鬧場面又沉寂下來了。

王大副已經得到消息趕上來了，和朱政委打了一個照面。他才一瞪眼，二副一把拖過他，兩人走到一邊去了。

「糟了，」許二副着急地說：「看來給他們佔了上風，我們怎麼辦呢？」

「我看見了燈號被他們控制了。」

「不錯，他們騙過了那一艘軍艦。你一定也聽到了廣播，他們已經控制了全船。」

這一次王大副顯得不像許二副那樣緊張了，他輕鬆地一笑說：

「他們已經控制了全船？不一定吧？」

「啊，」二副高興地說：「難道你在下面已經——」

「那也太樂觀了一點，說實在話，我上來看看，我不是躭心那些土包子們，我躭心老頭子的態度。下面大半夥伴們都很重視這一點。」

「剛才他同朱政委直接衝突起來了，你不必躭心，共產黨徒已經幫了我們的大忙。」

「好，一切照原計劃作，你帶兩個人去官廳，我會派人接應你。其餘交給我。」

「小胡還在官廳裏？」

「不，他被押到前艙去了，我會照顧他的。」

「老王，」二副仍然不放心地說：「你得小心一點，他們已經佈滿了全船各處。」

「那正是我所希望的，」大副爽朗一笑說：「分開容易解決些」

「你別看輕他們，」二副神色一整說：「他們有一個非常狠毒的陰謀，準備在必要時，炸燬全船，要使大家都同歸於盡。」

這句話使得大副也緊張起來了。他注意地問：

「這太重要了，你怎麼會知道這個陰謀呢？」

許二副掏出衣袋中的紙條給王大副看了一遍，然後把它塞在口中嚼碎了。

「我猜是黃慰玲寫的，」他說：「她到我艙裏來瞎說一通，走以後，我發現了這紙條。我想不到他爲什麼要讓我們知道這一項陰謀，我想也許是她不想死……」

「我想是你成功了。」大副的臉色又開朗了，他說：「趕快去官廳，我猜那軍艦一定還在暗中注意我們的行動，我們得在她視線中發動……」

「給她什麼信號？」

「我在左舷發射一發紅色的信號彈，你設法先通知一下駕駛室的人，保護船長。注意，五點正發信號彈。」

「好。」二副看看錶說：「五點正。」

「下面我們人多，很快會佔優勢的，官廳交給你，你要特別注意小張的安全，他和合同都對我們很重要。」

王大副說完，匆匆地走下去了。

世界上沒有十全十美的計劃，即使有，也很少能夠完美地按預定計劃執行。常常因爲一個很小的因素破壞了計劃或是順利進行了計劃。

他們這一次的計劃不算完美，但很周密，可是，却被一個平常默默無聞而又根本不會參予這計劃的一個水手把它提前實現了。

許二副離開駕駛室下去時，那一艘軍艦已逐漸遠去隱入了霧中。

這時候，站在官廳外面舷邊的朱政委和胡經理都放下了心事似的對笑了一下。胡經理又打起呵欠來，黃慰玲也準備走開了。但是朱政委却與緻勃勃地把他們兩人拖進官艙裏去了。

二副示意一下舷梯旁邊兩個值更船員，聽他的命令準備行事。

突然，駕駛室中響起了一長聲汽笛，在寂靜的黎明時刻，這聲音驚人的響亮。

那是一個水手拉的。他在船上沉默寡言，笨拙得時常受同伴的嘲弄。他的工作是厨房洗碗碟，不知道什麼時候偷偷蹓到上面來了。

當他看到軍艦結束了詢問離去了，他心中充滿了自由的嚮往，也充滿了失望的憤怒！於是，他憤不顧身地推開駕駛室門邊的那個監視人員，用力拉了汽笛。

沉實，洪亮的汽笛聲劃過海空的時候，上面的「同志」們都慌了。那守在門邊的「同志」掏出槍來，向那水手射了一槍。

那沉默的水手的右手無力地垂了下來，他掙扎着，留戀地，不放心地望了一下望海軍艦的方向，然後倒下來，永恆地安息了。

駕駛臺上整個亂了起來。

「不許動，在原來地方工作！」那開槍的「同志」把槍擺動着，兇兇地叫。

老船長對他的槍看也不看一眼，緩緩地走到那倒下的水手身邊，彎下腰去摸摸他的脈息。然後嚴肅地把那慷慨就義的水手的遺體放平，把自己的外衣脫下來，替他蓋上。然後站起來，嘴裏喃喃地念着，在自己胸前畫了一個十字。顯得特別莊嚴肅穆。

有一個船員用手拭擦眼淚。

老船長最後挺直了身軀，對於那個兇手，他望也不望一眼，只望望那遠海的軍艦，自己再伸手拉響了汽笛。

那躊躇滿志的兇手沒有想到老船長會自己拉汽笛，驚惶失措地猶豫了一下，然後舉起手槍向老人瞄準。

站在羅經後面的一個水手毫不遲疑地連人撲了過去，那一粒子彈擊在堅實的艙壁上了。駕駛室內外都加入了戰鬪，老船長對這些視若無睹，仍然不斷地拉着汽笛。

這一場戰鬪，馬上就蔓延到了上甲板，喊叫聲，槍聲，汽笛聲、滙成了迎接黎明的前奏曲。那一發紅色信號彈已經成了不必要的點綴，但它仍然在左舷上空冉冉升起了。

戰鬪也在艙底展開了。在狹窄的走道中，貨艙裏，機器鍋爐旁邊、無線電旁，都展開了打鬪。槍聲震耳，然而水手刀似乎佔便宜些，白光閃過，使有一個「同志」倒下去了。

遠海準備離開的軍艦折回頭來了，探照燈所發出的靑白色光芒又從海上射了回來。照着這一條船和船上正在進行的火熱的戰鬪。

當汽笛聲和槍聲意外地傳到官廳中的時候，朱政委、胡經理和黃慰玲三個人正在舉杯慶祝！朱政委得意地誇耀他對於這件事情處理得乾淨利落。末了他還嘲笑地說：他把船上這些人估量過高了。

可是，這突如其來的變化却把他們弄糊塗了。

首先是胖子經理驚慌得手中的杯子掉下了。朱政委也驚得跳了起來，跑到門邊去查看究竟是怎樣回事？

一個「同志」上氣不接下氣地衝進來說：

「報告政委同志，船上暴動了。」

「我們的人在幹什麼？」

「駕駛室內外和甲板上都打成了一團……」

「傳我的命令，對國特格殺勿論，不准放過一個！」

「是，政委同志！」

那「同志」轉身剛剛出了門，在走道的轉彎處，後腦便挨了沉重的一下，乖乖地倒在地上了。在他身旁還有另外兩個人倒在一起。

那都是許二副幹掉的，他帶了兩個人準備到官廳來，却碰到兩個看門狗和這個冒失鬼被先開了刀。

朱政委在那人出去後，立即關上了門，回轉頭他發現小張已經站了起來，但是他的雙手已被綁在背上了，他面向艙門，把背後的一雙手放在鋼琴蓋上。

他抽出手槍來對着小張說：

「不許動！」

「你兇不久了。」小張嘲弄地說。

老幹部陰險地獰笑着，持着槍一步一步地走近了小張，他一面說：

「小子，我早告訴過你了，我不會讓你走出這房間，你偷得了合同也是白費氣力。現在你永遠沒有機會走出去了。我要殺死你！」

那眼睛中的兇光懾住了小張，他不敢頂嘴了。但是，他聽得見外面在進行戰鬥。他想拖延時間。他說：

「我不在乎，但是你們永遠找不出合同來了。」

「我有辦法讓你說出來的，我現在要射斷你的手脚，讓你爬在地上，說出合同藏在那裏，我才讓你死……」

艙門被轟然地打開了。許一副帶着兩名水手出現在門口，原先守在門內的那個「同志」見機躲到一口大木箱後面去了。

朱政委反應很快，隨着三個人的露面，他沒有向門口開槍，他一閃身到了小張的背後，一隻手抓住小張的衣領，把手槍抵在背心說：

你們都放下傢伙，不然，我先殺死他。」

「投降吧，」許二副說：「軍艦已經派了武裝部隊來了，你們的人都投降了。」

胖經理舉着手，顫抖着不敢動，女秘書悄悄地移到了朱政委的身旁。

「二副，不要管我，你開槍吧。那合同在鋼琴裏面，……」小張說到這裏，朱政委用槍一頂，他說不下去了。

「我數五下，誰不放下槍我就殺小張了。一……」

許二副望着小張，不知道該怎麼辦？

「二……」

「二副，不要管我，快拿走合同。」

「三、四、我要開槍了。」

「放開他，」許二副終於說：「我就放下槍。」

老幹部狡滑地笑了一下，他懂得自己佔了上風。

「放下槍，我讓你們出去。」

二副沉重地歎了一口氣，他不能失去小張。合同對他們很重要，但他不能爲合同讓小張去死。是他吩咐小張偷合同的，他說：

「好，我放下槍，你讓小張先出去。」

許二副丟下了槍，朱政委得意地笑了一下。胡經理却敏捷地跳過去拾起了那隻手槍。

「看住他們。」朱政委說。

他打開了鋼琴蓋，果然一個牛皮紙信封放在琴鍵上面。他認得是裝合同的。他抽出了合同，他沒時間細看，但他覺得沒有錯。

他作了一個出人意表的動作，掏出打火機來，點燃了那合同。

許二副和小張都大驚失色，但是他們都不敢動。眼看着那合同被燒掉了。他不禁乞援地望了一下黃慰玲。但是她只是回報以謎樣的微笑，顯示出很輕鬆不在意。

他忽然覺得他恨她！她不但是袖手旁觀，簡直是毫無人性。

朱政委把燒了一半的合同丟在地上，讓他繼續燒，他却擧起槍對準許二副說：

「我本來準備拿你作人質的，但是現在我有更好的辦法處置這條船和這船上的人了。你們的人永遠得不到的，現在我要先殺你！」

他的話還沒有說完，突然身後也被一個硬傢伙抵住了。他一驚，却聽得黃慰玲安靜地說：

「政委同志，你也放下槍吧。」

這一個擧動使室內所有的人都大惑不解了。朱政委尤其是十分震驚！他突然口吃地說：

「黃同志，你是算什麼玩笑呢？」

「這不是玩笑，放下槍。」黃慰玲鄭重地說：「你在上船時交這支槍給我時，你說過二十步之外可以打穿人的腦袋，我想現在打穿你的胸部當不會有問題吧？」

朱政委無可奈何地丢下了槍，許二副却趁這一瞬間奪回了胖子經理手中的槍。

小張不知什麼時候已經掙脫了綁在手腕上的繩索，他竄過去對老幹部的下顎上敬了一拳，打得老幹部向旁邊倒退了三步。接着，小張跟上去又是兩記。

這時候，二副突然向床後射了一槍。

大家驚奇地朝那邊望過去，原來那一個藏在木箱後的「同志」已經繞到床後，打算向黃慰玲射冷槍，幸而二副眼快手快先解決了他。

黃慰玲感激地望了他一眼說：

「你還賬還得眞快！謝謝你！」

「麗莎，」二副突然叫出了她原來的名字，接着說：「我們大家都要感謝你，如果不是你出手，我們都完了。」

她溫柔地笑了，從她容光煥發的臉上，從她閃亮的眸子裏，展示了她的美麗靈魂。

小張並沒有浪費時間，他找了繩子，和兩名水手合力把朱政委和胖經理綑起來。

外面的槍聲人聲都靜下來了。王大副像一頭野牛似的闖進了官廳。

許二副轉身還沒有來得及回答，大副忽然看見了黃慰玲手上的槍。他緊張地想掏腰中的槍，

「小許，怎麼樣？」

二副知道他誤會了，趕快攔住他，笑了一笑說：

「別緊張，是他救了我和小張。」

「啊……」大副吐了一口氣。

「外面怎麼樣了？」

「船是我們的了，下面臭皮匠挨了一傢伙，在醫務室包紮，張阿四幹掉了兩個打算爆船的混蛋，也受了一點輕傷。上面死了三個夥伴，老頭子沒事。」

「軍艦靠過來了嗎？」

「他們馬上放小艇過來，我不放心這裏，特地來看看你們。」

官廳裏已經沒有麻煩了，兩個人已經綑了起來，另一個放冷槍的已經不需要他們照顧了，二副那一槍剛好射中了他的胸部。

二副望着麗莎，她不好意思地笑了一下，把手槍遞給他說：

「我不需要這東西了。」

「麗莎，」二副感激地說：「你爲我作得太多，請原諒我對你的誤解。」

「不錯，」大副也高興地接過去說：「要不是黃小姐，也許我們大家都在海裏餵魚去了。我們都該感謝你！」

「你那一張紙條對我們太重要了。」二副握着她的手說：「不然，這條船從艙裏爆炸，誰也活不了。」

麗莎却淡淡地一笑，想抽回手，但是二副却握得很緊些。她臉上升起了一陣紅暈。

「那是因爲我也活不了，」她終於抽出了手說：「因爲我也在船上。」

「王大副感激地一笑，他忽然想到難怪小許會歡喜她，他的確是一個聰明可愛的女人。

接着他指揮水手把朱政委和胡經理帶走，兩個人那垂頭喪氣，乖乖地走了。

這時候，小張拾起了地下未燒完的合約，對着大副歉仄地說：

「大副，我抱歉，合同被朱政委燒掉了。」

「是我不好，」二副說：「我沒想到他會有那一着，但是我高興你平安無恙，你比合同重要的多。」

「小張，」大副說：「你把合同藏在官廳裏的麼？」

「是的，我拿到了之後，發覺外面有人來，我恐怕會搜查，順手把它放在鋼琴裏面了。」

「所以你自願在官廳裏看守它。」

「是的。」

二副也笑了，過去拍拍他的肩膀說：

「小張，你很聰明，萬一他們打開鋼琴呢？」

「我相信那土包子們不會彈琴。」

大家都笑，只有麗莎仍然謎樣地笑着，她說：

「小張很聰明，也費了不少氣力，為什麼不把沒燒完的一半打開看看呢？」

許二副明白了這幾句話裏有文章，馬上從小張手中拿過了合同，打開來，但只有半張白紙，大家都呆了。二副轉身對麗莎說：

「小張白費了氣力，你根本沒有送還，只換了一個假的留在這裏，對嗎？」

麗莎笑笑，從手提袋裏取出了一個同樣的信封來，遞給許二副說：

「我相信放在我這裏比放在鋼琴裏安全一點。」

「你太細心了，只怪我太笨，你有許多次暗示我都沒有看懂……」

「只要現在你懂就够了，我只希望你們幾位還懂一點，我這樣作並不為了什麼！」

「我會懂的。」二副嚴肅地回答。

一個船員從門外進來興高彩烈地說：

「大副，小艇馬上就到了。」

「啊，」大副說：「我們都出去接他們吧。」

室內的人跟在大副後面，魚貫出去。二副和麗莎走在最後，到門邊時，他握住她的手說：

「麗莎，你還要我吧？」

「廢話！」她嬌嗔地打了他一下。

左舷邊擠滿了人，水手們都取下了帽，拿出手巾來揮動着，向逐漸駛近的小艇歡呼着。那邊也不斷揮動着白帽子回報

天漸漸大亮了，一個平靜的黎明終於到來。穹空中的灰色雲塊逐漸稀薄，海上還有薄薄的霧，東方的天空，已經呈現着金色，太陽就要從那邊升起來了。

朝霧燦爛的天空，復甦的海洋，急駛而來的小艇，飄揚着青天白白的國旗，海星輪上歡呼雀躍的人羣和他們掛在臉上的眼淚。這些，構成了一幅充滿光明和希望的圖畫。

—全文完—

三民文庫已刊行書目（三）

71. 藝術與愛情	張秀亞著	小說
72. 沒條理的人①②	譚振球譯	哲學
73. 中國文化叢談①②	錢穆著	文化論集
74. 紅紗燈	琦君著	散文
75. 青年的心聲	彭歌著	散文
76. 海濱	華羽著	小說
77. 傻門春秋	幼柏著	散文
78. 春到南天	葉曼著	散文
79. 默默遙情	趙滋蕃著	短篇小說
80. 屐痕心影	曾虛白著	散文
81. 一樹紫花	葉蘋著	散文
82. 水晶夜	陳慧劍著	散文小說
83. 胡巡官的一大	金戈著	小說
84. 取者和予者	彭歌著	散文
85 禪與老莊	吳怡著	哲學
86. 再見！秋水！	畢璞著	小說
87. 迦陵談詩①②	葉嘉瑩著	文學
88. 現代詩的欣賞①②	周伯乃著	文學
89. 兩張漫畫的啓示	耕心著	散文
90. 語小集	蕭冰著	散文
91. 社會調查與社會工作	龍冠海著	社會學
92. 勝利與還都	易君左著	回憶錄
93. 文學與藝術	趙滋蕃著	散文
94. 暢銷書	彭歌著	散文
95. 三國人物與故事	倪世槐著	歷史故事
96. 籠中讀秒	姚葳著	散文
97. 思想方法	秀河著	時評
98. 腓力浦的孩子	武陵溪著	傳記
99. 從香檳來的①②	彭歌著	小說
100. 從根救起	陳立夫著	論述
101. 文學欣賞的新途徑	李辰冬著	文學
102. 象形文字	陳冠學編著	文字學
103. 六〇甲之冬	沙岡著	小說
104. 歐氛隨侍記	王長寶著	遊記
105. 西洋美術史	徐代德譯	藝術

三民文庫已刊行書目（二）

36.	實用書簡	姜超嶽著	書信
37.	近代藝術革命	徐代德譯	藝術
38.	詩詞曲疊句欣賞研究	裴普賢著	文學
39.	夢與希望	鍾梅音著	散文
40.	夜讀雜記①②	何凡著	散文
41.	寒花墜露	繆天華著	小品文
42.	中國歷代故事詩①②	邱燮友著	文學
43.	孟武隨筆	薩孟武著	散文
44.	西遊記與中國古代政治	薩孟武著	歷史論述
45.	應用書簡	姜超嶽著	書信
46.	談文論藝	趙滋蕃著	散文
47.	書中滋味	彭歌著	散文
48.	人間小品	趙滋蕃著	散文
49.	天國的夜市	余光中著	新詩
50.	大湖的兒女	易君左著	回憶錄
51.	黃霧	朱桂著	散文
52.	中國文化與中國法系	陳顧遠著	法制史
53.	火燒趙家樓	易君左著	回憶錄
54.	抛磚記	水晶著	散文
55.	風樓隨筆	鍾梅音著	散文
56.	那飄去的雲	張秀亞著	小說
57.	七月裡的新年	蕭綠石著	散文
58.	監察制度新發展	陶百川著	政論
59.	雪國	喬遷譯	小說
60.	我在利比亞	王琰如著	遊記
61.	綠色的年代	蕭綠石著	散文
62.	秀俠散文	祝秀俠著	散文
63.	雪地獵熊	段彩華著	小說
64.	弘一大師傳①②③	陳慧劍著	傳記
65.	留俄回憶錄	王覺源著	回憶錄
66.	愛晚亭	謝冰瑩著	小品文
67.	墨趣集	孫如陵著	散文
68.	蘆溝橋號角	易君左著	回憶錄
69.	遊記六篇	左舜生著	遊記
70.	世變建言	曾虛白著	時事論述